著・村田らむ

竹書房

はじめに

世の中には怖いことがたくさんある。

地震や津波などの自然災害は怖いし、癌や伝染病などの病気も怖い。蛇や虫や獣だって怖い。だけどそれらより、人間の方が怖いと思うことがある。

人間の中には様々な感情がうずまいている。

人間の世界は一見、愛情や友情や勇気や感謝だけで成り立っているように見せかけているが、もちろんそんなことないのは誰しもが知っている。

自分の心の中に、憎悪、妬み、嫉み、怨み、軽蔑、殺意、嫌悪、強欲、性的興奮、優越感、劣等感……など、ドロドロした負の感情が渦巻いているのは知っている。

自分の心の中にあるなら、他人の心の中にもあるだろう。

そして、とても理解できない狂気を持つ人もいる。

そんな感情を見えないように覆い隠して、取り繕って、私たちは生きている。

しかし、ひょんなことから薄皮は剥がれ、醜い悪意や狂気が丸見えになることがある。それを見たときに、人は強い恐怖を感じるのだ。

この本では、そんな人の悪意と狂気が引き起こした恐怖のエピソードを39本収録した。

わたくし、村田らむは長年に渡り、潜入・体験ライターをしてきたが、その中で出会った怖い話、嫌な話をたくさん収録した。新興宗教団体に潜入したり、禁忌の場所に足を踏み入れたときに聞いたエピソードも紹介している。

また普段の執筆活動ではあまり書いてこなかった、プライベードで出会った、厭なエピソードも書いた。

「短期間で離婚に至った理由」

「読者から受けたものすごくヤバい打ち明け話」

「一晩をともにした女の怖い告白」

など、思い出して書いているだけで、ずいぶんと気分が落ち込んだ。

そして、村田らむの知人の中でも、人怖な目に遭っている人たちにもお話を伺った。本人や親しい人が直接喰らった非常に恐ろしいエピソードが目白押しだ。

普段、人怖な話をしていると、

「なぜそんなネガティブな話を集めるのか⁇　わざわざそんな人間の怖いところをほじくり出して披露しなくてもいいじゃないか‼」

と意見されることもある。

たしかに、人怖を読むと、胸糞悪くなって、心底人間が嫌いになって、明日を生きるのが心配になる。でも何故か、心は愉悦を感じるのだ。もっと人怖な話を聞きたくなるのだ。

そんなことはこの本を手にとっているあなたにとっては、先刻承知のことかもしれない。

それでは、人が人を信じられなくなる人怖話、存分にお楽しみください。

村田らむ

目次

慄然の章

憂愁の章

疑惧の章

仄聞の章

悚然の章

※悚然（しょうぜん）…とても怖がるさま。恐怖で身動きが取れないさま。

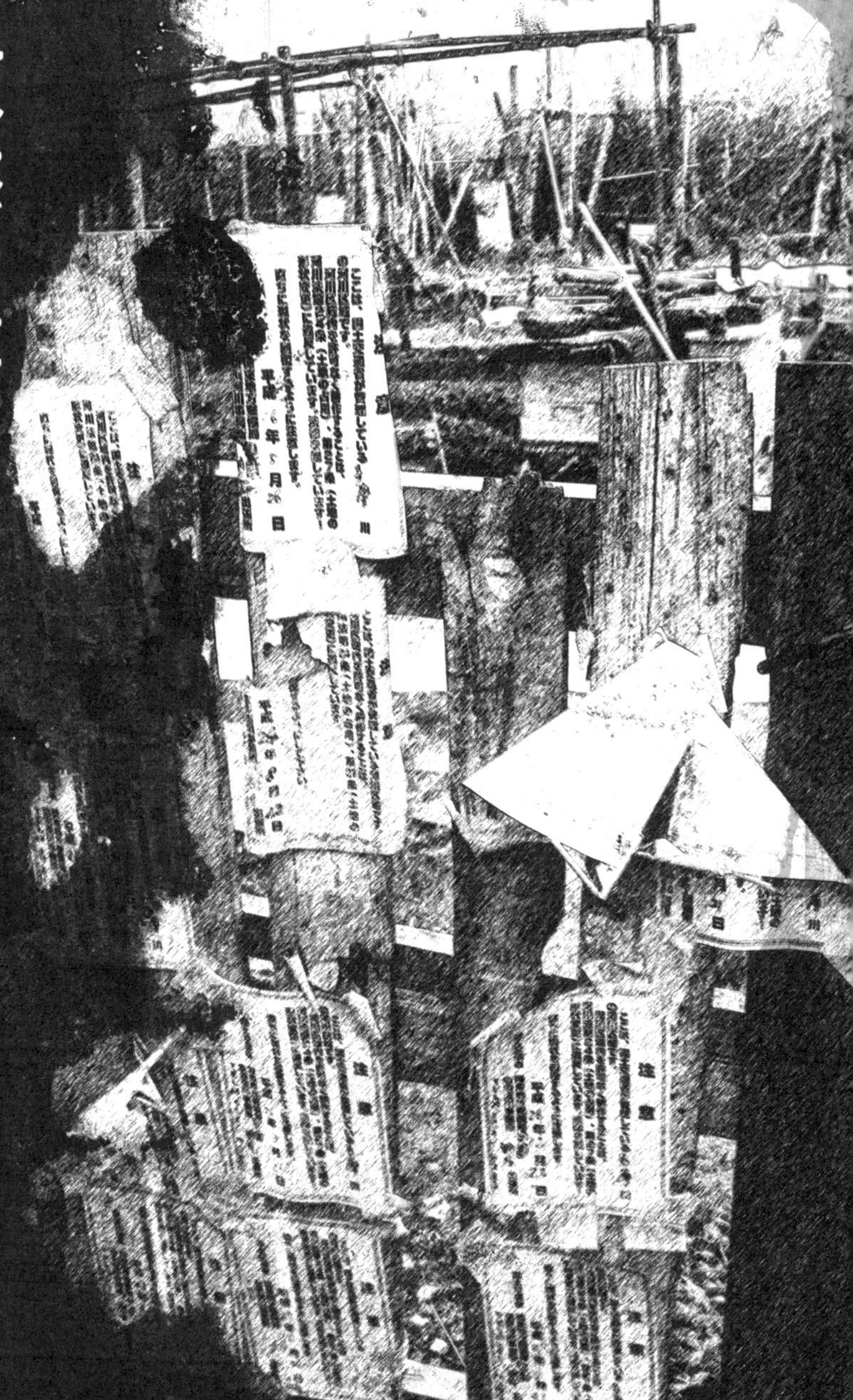

ハムスターを殺す女

俺がまだ20代後半の話だ。

いわゆるサブカル雑誌に原稿を書き始め、一冊目の単行本が発売されたくらいの頃だった。

ある日、携帯電話に電話がかかってきた。豊島区のパブでバイトしていたとき、よく足を運んでいた居酒屋で知り合った女だ。俺と同い年で、さっぱりとした見た目と喋り方をする人だった。男性ウケも悪くなかった。

ただ、最後に会ってから一～二年は経っていたから、

「なんで今頃電話をかけてきたんだろう？」

と正直戸惑いながら電話に出た。

すると受話器越しに、少々切羽詰まった感じで、

「お金がなくて困っているから、ご飯をおごってくれない？」

と直球でお願いをされた。

ちょっと面食らったが、オーケーした。

池袋駅に現れたその女性は、相変わらずこざっぱりとした雰囲気だった。お金に困っていると言っていたが、特にやつれたりはしていなかった。とりあえず駅前の回転寿司屋に行くと、彼女は目をみはるほどの勢いでバクバクと食べた。

食べ終わったあとは、バーに飲みに行って他愛もない話をした。聞けば、神奈川県にある中規模の会社でOLとして働いているそうだ。たまに仕事で東京に出てくるらしく、今日はその日だったそうだ。その日は手持ちの数万円を貸して別れた。後日、

「事情も説明したいし、よかったら会おう」

と連絡をもらった。

彼女が住んでいたのは、神奈川県の某海岸沿い。当時、俺が住んでいた豊島区からはまあまあ面倒くさい距離だったが、ヒマな時間があったので遊びに行くことにした。

最寄り駅で待ち合わせ、町をブラブラと歩いた。ちょうど夏場で、サーファーたちがウェットスーツを着てペタペタと歩いている。海岸沿いに建つセレブな家を冷やかしたあと、彼女の家に向かった。

そこは普通のワンルームマンションで部屋もよく片付いていた。

しばらく団らんしたあとに、そういう雰囲気になって、いたすことをいたした。

ベッドで彼女を腕枕してしばらく寝ていると、おもむろに
「私、誰にも言えなかった話があるんだ〜。なんかあなたには言えそうだから、言ってもいい？」

「私、ハムスターを殺すのが趣味なんだよねー」

そう言うと楽しそうに笑った。

言葉は耳に入ってきたものの、すぐには理解できなかった。

沈黙を肯定と受け取ったのか、彼女はその趣味についてとうとうと語りだした。

「最初は殺す気はなかったんだよね。普通にハムスターを飼ってて、いつも肩に乗せてたの。家事やってるときとかも」

「唐揚げを作ってるときに、鶏肉を油に入れるでしょ？　そしたら、肩からハムスターが落ちちゃったの」

「すぐに『ボジュッ‼』って音がして、そのまま死んじゃったんだよね」

「その時はさすがにショックだった。悲しかった。でもそれと同時にすごい快感だったんだよね。ゾクゾクゾクって身体が震えた」

　暗闇の中で楽しげな声が響く。

「そっからハマっちゃって。いろんな殺し方を試してみたの。ジッポーオイルかけて燃やしたり、電子レンジでチンして殺したり……。でも結局単純な方がよかったんだ。壁に叩きつけるのとか、手で握り潰すとかね‼　手の中で命が消えていくのを感じると、自分が生きてるって感じるんだよね‼　分かる？」

　分からない。さっぱり分からない。が、怖いのでうなずく。

「今まで誰にも言えなかったの。やっと言えてスッキリした～」

　なんで、俺には言って大丈夫だと思ったのだろうか？

　さっきまでの楽しい気持ちは一切なくなってしまった。

　そして、腕の上に乗っている彼女の頭が、ボーリングのようにひたすら重いだけの存在に感じられた。

仕掛け人

その日、俺はまだ神奈川県のハムスターを殺す女の部屋の中に居た。

恐ろしい彼女の告白に、俺はすっかり心も萎えてしまい、一刻も早くこの場を去りたかったが、

「あとお金がない件なんだけど、一応説明しておくね」

と会話は続いていった。

彼女には、会社でよく遊ぶ後輩の女性社員がいるそうだ。二つほど年下で、ちょっと要領がよいタイプ。もちろん、男子社員から人気だという。

「何かというと甘えてくるタイプの子で、仕方なく仲よくしてたんだけど、本当は大っ嫌いだったんだよね。いちいちあざとくて、いつもムカついてた。それで知り合いの不良に頼んで、レイプしてもらったんだよね」

後頭部をハンマーで殴られたような衝撃を感じた。思わず、彼女の顔を見る。窓から差し

込んだ月の光が彼女の顔の輪郭を浮き上がらせていたが、肝心の表情は真っ黒で見えなかった。

彼女が頼んだのはクラブで知り合った不良グループだったという。彼女の後輩をさらわせて、バンの中で代わる代わるにレイプするよう頼んだ。

「それとその様子をビデオに撮るように頼んだの。それで総額100万円だって言われた。高いよねー」

果たしてレイプは決行された。

レイプがあった翌日と翌々日、後輩は会社を休んだという。三日ぶりに現れたその子は、あからさまにやつれていた。普段はキャピキャピと明るいのに、うつむいて誰とも話そうともしなかった。

会社の人たちは理由が分からず遠巻きに心配していたが、彼女一人だけは明確に理由が分かっていた。

「私は後輩に、『何かあったの？　何かあったんなら話して』って何度も聞いたの。最初は首を振るばかりだったけど、最終的には心を許してきて話すって……」

居酒屋の個室で後輩は泣きながら、レイプされたことを彼女に告白した。

「私も泣きながら慰めたよ。『大丈夫だよ‼　私はずっと味方だからね‼』って言いながら、二人でおいおい泣きながらずっと慰めてた。家に帰って、慰めてたのを思い出しながら、レイプされてるビデオを見てオナニーしたんだよね。今までで一番気持ち良いオナニーだった‼」

室内には晴れ晴れとした声が響いた。

ここで否定したら、今度の標的が俺になるのではないかと内心で怯え、

「うん、うん……」

と動揺を隠しながら相槌を打った。

「それで頼んでた不良に『もう100万円払え』って脅されてるんだよね。私は最初の100万円でギリギリだったから、もうお金なくって。借金したりしてなんとか払ってるけど、厳しくて……。本当に不良って悪質だよね」

だから、お金なくて頼っちゃってごめんなさい、と彼女はけなげな感じで謝った。

俺としてはもう、数万円のお金などどうでもよくなった。
彼女はすやすやと睡眠に入ったが、俺はまんじりともしないまま、朝を迎えた。
部屋を出る前に、できればもう数万円貸して欲しいと言われて素直に貸した。
正直、返してもらうつもりはなかった。
「じゃあまた」
と笑顔で手を振って別れて以来、二度と彼女には会っていない。

ホームレスに願うこと

ある日、テレビ局の制作チームから声をかけられた。

とても有名なドキュメンタリー番組だ。

「ホームレスをテーマにした番組制作したいと思っているので、少しお話を伺えませんか?」

後日、喫茶店で話を聞くと、ホームレスに長時間張りついて、どのような生活をしているか、これまでどのような人生を送ってきたのか、などの事実を追いかけていきたいという。

「それで、追いかけるのにちょうどいいホームレスはいないかな?　とお聞きしようと思って……」

確かに俺はたくさんのホームレスに話を聞いてきた。だが多くの人は数年以内に生活保護でアパート暮らしになったり、死んでしまったり、追い出されて寝ぐらの場所を変えたりしてしまう。

それでも数人、当てはまりそうな人が思い浮かんだ。

「どんなホームレスを取材したいのですか?」

「死にそうな人いないですか?　取材している間に死んで欲しいんですよね」

「ええ?　あ、死にそうな人ですか?」

……面食らった俺は、オウム返ししてしまった。

「そうなんですよ。別にその日のうちに死んでくれってわけではないですよ。うちは予算があるので、かなり長く取材ができますから。半年くらい取材をしていて、ある日小屋にいつも通り行ってみたら、彼が亡くなっているのを発見……とかが理想的ですよね。そこで、テロップで『我々はなぜ、彼を救えなかったのだろう?』って出すわけです。これ、すごい受けると思うんですよ‼」

彼は、キラキラした目で語った。悪意はないのだろう。しかし、その感覚が怖くて、言葉を失ってしまった……。

結局それ以降、俺に連絡はなく、番組がどうなったのかは知らない。

トークライブのあとで

たまにライブハウスでトークイベントを開催している。

2020年の初頭、大阪のライブハウスにてトークライブを開催した。

その日はイベント後に小さなサイン会を開き、数人が並んでくれた。

会場の後ろの方で列には並ばず、わざと最後になろうとしている人が目についた。小柄な女性で、全身黒ずくめの服を着ている。黒いマスクをしているので、正確なところは分からないが40〜50歳といったところだ。

何か話したいことでもあるのかな？　と思いながら、その人の順番まで気にしながらサインをしていた。

そして、その人の順番。陰気な服装とは違い非常にハイテンションな女性だった。俺の本である『樹海考』を差し出してサインをしてくれと言われた。サインを書いている間はずっと俺のことを讃えてくれた。

「本当に村田さんに会いたかったんですよ。今日本当に会えてよかった‼　私、福岡に住んでいるんですけど、昨日福岡を出発して、今日大阪で村田さんに会うことができて、そして明日樹海に行って死ぬんです‼」


サインをしていた俺は虚をつかれ、思わず顔を上げた。

その女性は、僕の見開いた目を見ると、こくんこくんとうなずき、

「そう、そういうことなんです‼　死ぬときには、足元に村田さんのサイン本を置いておくので、よかったら探しにきて見つけて下さい‼」

俺は動転してしまったが、それでもなんとか引き止める言葉はないか？　考えた末、

「あ、ええと、四ヶ月後に新刊を出すので、それを読んでからにしませんか？」

と提案してみた。

おばさんは首をかしげて数秒間考えたあと、

「でも、もう決めちゃったことなので‼　では、ありがとうございました‼」

そう言って手を振るとスタスタスタスタと早足で会場から出ていった。

そのイベントからしばらく経ったあとに、青木ヶ原樹海で死体を探すことを趣味にしているKさんからメールが入った。

「官報を見ていたら、先日村田さんが言っていた女性と背格好が似た人が青木ヶ原樹海で見つかったって書いてありました」

結局、その自殺体がトークライブのおばさんなのかどうかは確かめられずにいる……。

殺し屋と樹海

ある日、サブカル雑誌の編集部から電話があった。

「人殺しをインタビューして欲しいんですけど、大丈夫ですか？」

とんでもない依頼だが、当時は倫理観無茶苦茶な仕事も多く、さほど意外ではなかった。

「編集部に殺人罪で刑務所に入っていた男から『俺を取材しないか？』と、売り込みの連絡が入ったんですよ」

その雑誌は、主に不良グループや暴力団の事件を扱っていた。その人殺しをした某さんは獄中でその雑誌を読んでいて、出所したら連絡しようと常々思っていたそうだ。

どこでインタビューすればいいのか尋ねると、樹海へ移動する自動車の中だと言う。

「実際に殺人をしたのが樹海の中らしいんですよ。つまり『殺人犯と現場に行こう！』という企画なんです」

果たして当日を迎え、待ち合わせ場所にはその「人殺し氏」が現われた。見た目は三十代半ばで中肉中背、オールドスタイルの黒いコートを着込んでいる。

終始笑顔なのだが、ニコッと爽やかなスマイルではない。攻撃的な、肉食動物の笑い顔だ。背中にゾクリと寒気が走る。

とりあえず挨拶をして、俺と人殺しのMさんと、編集者二名がワゴン車に乗り込んだ。高速道路を山梨方面へ走りながら、インタビューを始める。

まずは、逮捕された理由を尋ねた。

「当時、テレクラで荒稼ぎしてたんだけど、敵対する暴力団の男が俺のシマを乗っ取ろうとしやがってね。そいつに殺されそうになった。なんとか殺されずにすんで、逆にそいつをさらって監禁した。それで樹海に連れて行って殺した」

Mさんはニヤリと笑った。

「ためらいとかは、まったくなかったね。俺は組の中では長いこと〝拷問〟と〝殺人〟を担当してた。ビルの中で毎日のようにいろいろやってたから。そのときも、殺すこと自体は別に平気だった。でも、普段と死体の処理方法を変えたのが捕まった原因だった」

樹海の地面は腐葉土が積もっていて柔らかく見えるが、実は溶岩なので固いのだ。掘ろうと思っても、表面部分しか掘れない。

すぐに固い溶岩が出てきてしまう。結局、地べたの上に死体を放置するしかない。

「殺したヤツはなかなか根性が座っていて、殴っても、切っても、なかなか心が折れずニヤニヤと笑ってた」

俺はうなずいた。

「そういう奴を大人しくさせる方法ってなんだと思う?」

しばらく考えたが全然分からない。

「そういうときはな、拷問相手の肉を食ってやるんだよ。足でも、腕でも、生きたまま肉を削いでさ。そいつの目に自分の肉が生で食われてるとこを見せるんだ。すると、どんだけ勢いがある強い奴でも、ヘタッと心が折れる」

聞いているだけでも心が折れそうだ。

「あとは、目の前でそいつの家族を殺すのも効く。悪いのは本人だけで家族は関係ない、かわいそうだ、とか言う奴がいるけど、俺には理解できない。悪い奴の稼いだ金で買った米を食ってブクブク太っておいて『私たちは関係ない』は通らないいな。そいつらは悪い奴の一部だ。俺は殺すし、食う」

しばらくして、休憩をするために高速道路のサービスエリアに駐車した。

車内ではずっとひどい緊張状態にあったので、少しホッとした。

トイレを済ませて出てくると、Mさんが外に置かれたテーブルで焼きそばを食べているのが見えた。

若手でちょっと調子に乗るタイプの編集者が

「お、焼きそばいいっすね！　うまそう」

と話しかけると、Mさんはじっと編集の顔を見た。

「お前、焼きそば好きなのか？」

「好きっすよ」

編集が答えると、突然Mさんは焼きそばを素手でガッとつかんで、編集の顔面向かってその手を突き出した。

「好きなら、食え」

編集は引きつった顔で、

「またまた、冗談ですよねー。」

と言うがMさんは全く表情を変えずに黙っている。編集はおどけた態度を続けたが、Mさんの態度は変わらず、手からは焼きそばの湯気が漏れていた。

「食え」

「え、マジで言ってるんですか……？」

「食え」

「は、はい……」

結局、編集はMさんの横で地面に膝をついて、空を見上げるようにして口を開けた。Mさんはその口の中に焼きそばを入れた。

「うまいか？」

「う、うまいです……」

「そりゃよかった」

Mさんは、満足そうにニッと笑った。

車内で予定していたインタビューが終わり、それぞれ手持無沙汰に任せて携帯をいじったりしている。

Mさんは頻繁に誰かに電話をしては、「殺すぞ！」とか「食うぞ！」とか怒号を飛ばす。怒鳴るたびに車内がピリッと緊張する。樹海までの道のりは慣れているが、普段の何十倍も時間がかかったような気がした。


車が蝙蝠穴の駐車場に停まり、そこから徒歩で樹海の内部に入っていく。

「深夜に車を停めて、俺と部下と殺す相手とでここから樹海に入っていったんだ」

その時はまだ生かしておいたままだったそうだ。仏心などではない。殺してしまったら、自分たちで運ばなければならない。面倒くさいから生かしておいて自分で歩かせた、という理由だ。

何度か経験があるが、夜の樹海はとにかく真っ暗闇だ。普通の家庭用懐中電灯の明かりでは、満足に照らせない。


時間をある程度進んだ場所で殺すことに決めたそうだ。

「正確な場所は分からないが、ここらへんだと思う」

とMさんは立ち止まった。

すると、今までほとんど口をきかなかった年配の編集者が、唐突に提案してきた。

「せっかくMさんと来ているわけですから、村田さんがMさんに擬似殺人されてみましょう」

反論する間もなく、編集者たちはサササッと三脚で定点カメラを設置して去っていった。

おそらく俺に秘密で打ち合わせしていたのだろう。妙に手際がよかった。


樹海の中で、本物の人殺しのMさんと二人きりになった。

「じゃあ、さっそくやろうか?」

Mさんはニッと獣の顔で笑いながらそう言うと、自分と背中合わせになって立つよう俺に指示した。しぶしぶ背中を合わせると、どこから出てきたのか、するするとロープが頭上から下りてきて首にかかった。

刹那、ピン！　とすごい力でロープが引かれた。反射的に首に手をやったので、ロープと首の間に指が挟まった。何とか気道を確保できたが容赦なくギュウギュウと締めつけてくる。Mさんは柔道の一本背負いのような要領で自分が握っているロープの両端に力を加え、首を絞めているのだ。

「この人、本気で殺す気なんだ！　ヤバイ！」

脳がパニックを起こし、本当に呼吸が止まりそうになった瞬間、ふっとロープの緊張がとけた。

急に苦痛から解放され、地面に膝からしゃがみこむと、ゲボゲボとひどく咳が出た。ゼヒゼヒと激しく空気を吸い込んだせいで過呼吸になり、頭がクラクラとした。

そんな俺の様子を、Mさんはゆっくり見下ろしている。

「情けない。ここで殺された奴だってもっと堂々としてたぞ。男らしくないなあ」

そう言うと笑った。

編集者たちが置いて行ったカメラを片づけ、駐車場に戻った。

東京に帰る車内で、

「Mさんて、怖いものあるんですか？」

と聞いてみた。

恐いものなんかねえよって言われると想定しての質問だった。しかし、

「俺は霊が怖い」


とMさんは即答した。

意外な答えだった。

人を平気で殺すばかりか、人を食う男が霊なんてフワフワしたものを怖がるのか。


実は彼は霊が見えるのだという。

Mさんは何人もの人間を拷問し、殺した。恨みを抱いて死んだ人間が幽霊になって出てくるという説が正しいなら、Mさんの周りはさぞかし幽霊だらけのはずだ。

「ひょっとして、Mさんが今まで殺した人が、幽霊になって出てくるから怖いんですか？」

すると、Mさんは俺の質問を鼻で笑い飛ばした。

「馬鹿言うな！　俺に殺された奴なんてまったく怖くねえよ。俺より弱かった奴が霊になったって、そんなのちっとも怖くない。生きてたときになんにもできなかった奴は、死んだってなにもできるはずがないからな！」

と息巻く。

「もっと強い力を持った霊だよ。得体の知れないヤツだ。もしかしたら、そもそも元は人間じゃないだろう。自然から生まれたんだろうか。ドロっとして白くて大きい霊だよ……」

Mさんの顔は真剣だった。

暗い樹海の真ん中で、殺人方法を模範演技してみせた彼とは打って変わり、何かに追い詰められているような顔に見えた。

「今、俺の住んでいるマンションにもいるんだよ。ドロっとして白くて大きい霊が。それが……とにかく怖いんだ」

俺には、隣に座り霊が見えると言って震えるMさんが恐ろしかった。

Mさんは現在、また刑務所の中にいるという。

恨みすぎ

私事だが、一度他人を物凄く恨んだことがあった。

仕事でとても理不尽で我慢ならないことをされたのだ。

そのときは、無理やり怒りを押さえ込んだ。

そして、それ以来その人とはすっぱりと縁を切った。

だが、

「縁を切ったから、もうスッキリした」

と、俺の脳は納得しなかった。

「やり返したって一銭の得にもならない。このままやり過ごすのが得策」

とは重々分かっているものの、理性で殺意を抑えることができない。

腹の底から、

「殺したい‼」

とグツグツと憤怒が湧き上がってくる。

そこで俺は、

「想像の中で、その人を殺そう」

と思いついた。

呪いをかけようと思ったわけではない。

ただ単に、想像の中で殺したらスッキリするだろうと思ったのだ。

理不尽な扱いをされて納得できない自分の気持ちを慰めるための、みじめな一人遊びだ。

リアルに殺すわけではないのだから、天下の往来のど真ん中で日本刀でまっぷたつにしてもいいし、マシンガンを乱射して蜂の巣にしてもいい。なんならクラスター爆弾で彼の一族郎党全員を吹き飛ばしてもいい。

だが、なぜかそういうアクション映画的な殺害方法では脳が納得しなかった。

「もっとリアルな殺人を想像しろ」

と脳は俺に要求した。

俺は段々、リアルな殺人計画を練るようになっていった。

ミステリ小説では、殺人をするのにトリックを使って警察や探偵を騙そうとする。

でも現実では得策ではない。

人前で殺人をするのなんてもってのほか、なるべくなら死体は誰にも見つからず、そもそも事件にならない方がいい。

ただまず殺すためには、二人きりで会う必要がある。しかし絶縁してしまっている。

「どうしたらいいだろうか?」

と考えていたら、その殺したい対象人物から、共通の知り合いを挟んで、

「関係を修復させたい」

という連絡が入った。

俺は二度と仲直りするつもりはなかったが、それでも「会いましょう」と言えば一度は会える可能性が高い。

その際、僕の自宅へ呼んで、なんとか殺害できないか? と考える。

殺害方法はなるべく血が飛び散らない方法がいい。ナイフで刺すより、鈍器で殴った方がいいだろう。

映画『アンタッチャブル』で冒頭、ロバート・デ・ニーロ扮するアル・カポネがバットで

幹部を殴り殺すシーンでは大量の血が流れていた。あれは何度も殴ったからだろう。一発殴って行動不能にしておいて、絞殺でとどめを刺すのがいいのだろうか。

そして、死体を未来永劫見つからないように処理しなければならない。

死後硬直が始まる前に、身体を体育座りのような形で折り畳み、あらかじめ用意しておいた荷締めベルトでキツく縛る。

その形で布団圧縮袋に入れて空気を抜き、腐敗臭が漏れるのをなるべく防ぐ。

大型のポリカーボネート製のプラスチックボックスにすっぽりと入れる。

そして当時乗っていたスーパーカブのリアキャリアにしっかり固定する。

死体と俺の体重を合わせると150キロを超える。かなり重たいが、そもそもタンデムできるバイクだったのでなんとかなるだろう。ただ、ノーマルのリアキャリアでは不安なので、大きいキャリアにつけ替えよう。

死体を捨てる場所は、以前取材した埼玉の秩父にある廃鉱山がいいのではないか。

20年以上前に閉鎖された鉱山だが、隠れた場所に入り口があって内部に入ることができる。

内部は風化しまくっている。いたるところに数十メートル、数百メートルの穴が空いていたはずだ。その穴に落としてしまえば、まず見つからないだろう。

死体を遺棄する現場へ行くのに、自分の携帯電話は持っていきたくない。疑われたときに携帯電話から都内を離れていたことがバレてしまう。カーショップで、ポータブルナビを調べてみると数万円だった。当日はそのナビを使って移動して、家に帰る前に捨ててしまおう。

70キロの死体を運ぶのはかなり難しい。着ることで、身体への負担を軽減できるパワースーツを調べると12万円。膝への負担を考えると買ったほうがいいかもしれない。

そうやってつらつらと毎日架空の殺人計画を練った。想像は日に日にリアルになっていった。

想像するだけでなく、実際にバイクで秩父の廃鉱山に行ってみたり、ホームセンターで殺人に必要な道具を物色したりした。

もちろんすべて空想の話である。

妄想することで、少しだけ胸のすく思いを感じたいだけだった。

だが脳みそは想定外な反応をし始めた。まず、寝起きに、

「自分は人を殺した」

とリアルに想起するようになった。

そして、徐々にそう思う時間が長くなっていった。

もちろん自分は人を殺していないのだが、それでも
「どうしても思い出せないが、実は本当は人を殺しているのかもしれない」

と強く思うようになっていった。

実際に現場に行ったりしているのがよくなかったのか、フラッシュバックのように殺人の場面が浮かんだ。

そして最終的には、架空の殺人がバレることを怯えるようになり、情緒が不安定になっていった。

その段階になって、

「あ、これは心の病気の一歩手前だな……」

と気がついた。
もうすでに病気だったのかもしれない。
〝人を呪わば穴二つ〟
ではなく
〝人を呪って自分の穴だけ掘った〟
状態だった。

架空の殺人計画を立てるのはやめた。しばらくすると寝起きに、

「自分は人を殺した」

と思うことは減っていった。

ただ、それでもたまにふと
「どうしても思い出せないが、実は本当は人を殺しているのかもしれない」

と身体が硬直することがある。

そのたびに、俺の脳には架空の殺人の記憶が刻まれてしまったんだな、と感じる。

寝床

ルポを書くために、ゴミ屋敷の清掃専門の清掃会社で二年間働いていた。

何十件も清掃に行くうちに、オシッコの入ったペットボトルが数百本出てきた部屋、10年間分のゴミが天井まで積まれた部屋など、壮絶なゴミ屋敷をたくさん見てきた。

ある日、一家で夜逃げをしてしまい、音信不通になってしまったという家の清掃に行った。

そのゴミ屋敷は団地の四階。階段を登っていくと三階の段階ですでに、ひどいアンモニア臭、腐敗臭が漂ってきた。これは近所に住んでいる人はたまらない。

ドアを開けるとその臭いの発生源はすぐに目についた。

おびただしい量の猫と兎の糞だ。

この部屋では、猫20〜30匹、兎数十羽が飼われていたそうだ。

部屋にはたくさんの家財道具も残っていたが、どれも汚物がべっとりとついていた。

壁や障子は猫の爪で徹底的にボロボロになっており、天井から吊るされたハエ取り紙には、びっちりと黒い大きいハエがついている。

さらに、家主が消えて何日も経っているのに、まだハエはワンワンとうるさく湧いていた。

ゴミや糞をビニール袋に入れて、一階まで持って降りる。トラックに積み込むが、糞は非常に重たい。何往復もしているうちに段々と、壁が見えてきた。

壁には子供の写真が貼られていた。

「このすさまじい汚い部屋の中で子供が生活していたんだ……」

そう思うと、胸がギュッと苦しくなる。

子供の写真はわざわざカレンダーにして印刷されたものだった。

0歳、1歳、2歳、3歳……と順番に貼られており、右に行くに連れて写真の子供は大きくなっていった。

子供が小さいころはまだ、この部屋はそこまで汚れていなかったのではないか。

どこかのタイミングで生活が乱れて、後戻りできないほど汚れてしまったのだろう。

下の方からは子供用の玩具や教材などが出てきた。だが不思議なことに、部屋からは寝具が出てこなかった。
この部屋のどこで子供たちは寝ていたのだろう？
すでに移ろっていった過去のことながら不安になる。

清掃が進みやっと床が見えてきた。
床は畳が腐り、ほとんど土のようになっていた。歩いているとズブッと沈む。
ゴミがなくなったのでやっとベランダのガラス戸を開けることができた。

「ああ、ここで寝てたのか……」

その声にベランダを見てゾッとした。
ベランダには布団が敷かれていたのだ。そして、布団には枕がいくつか置かれていた。
そこで食事をした跡もあった…。
その家族の光景を想像しただけで怖くなると同時に、とても沈んだ気持ちになった。

黒い塊

俺がゴミ屋敷の清掃会社でのアルバイトを辞めたあと、元同僚からメールが送られてきた。メールには写真だけが貼られていた。

古い携帯電話で撮ったブレブレの写真だった。真ん中に黒っぽい塊のようなものが写っていたが、それがなにかまでは判明できなかった。

電話をかけて、詳しく聞いてみた。

元同僚は一ヶ月くらい前に40代の男性が住むゴミ屋敷の清掃に行った。

古い1Kのアパートで、腰の高さまで本や服が積まれている典型的なゴミ屋敷。

清掃員としては見慣れた光景だが、

「汚れ具合の割には、意外と臭いな」

と思ったという。

部屋が汚れていても、糞尿や生理用品などの汚物、弁当の食べ残しなどがない場合、さほど臭くならない。

とは言えゴミ屋敷だし臭うこともあるだろうと思い、その日は清掃を終えて帰ることにした。

後片づけをしていると、清掃の様子を見ていた大家さんから声をかけられた。

「手際良く清掃するのを見せてもらった。もしよかったら、隣の部屋もゴミ屋敷になっているから掃除してもらえないだろうか?」

大家さんいわく、住人はどこかに行ってしまったまま帰ってこないという。

本来は本人以外からの以来はNGだが、他ならぬ大家さん直々の依頼なので清掃に入ることになった。

その部屋は確かにゴミ袋が部屋中に散乱していたものの、隣の男性の部屋に比べるとゴミの量は少なかった。

清掃を始めたら二~三時間くらいで終わる量だと推測した。しかしゴミは少ないが、この部屋も妙に臭った。

「電気が止まっているから冷蔵庫の中の食べ物が腐ったのかもしれない……」

などと思いながらゴミを部屋から出していると、ゴミの下から黒っぽい物体が出てきた。

作業の手を止め、見てみる。

その正体に気づき、思わずのけぞった。

それはミイラ化した、
この部屋の住人のお婆さんだった。

おばあさんは帰ってこなくなったわけではなく、家の中にずっといたのだ。

慌てて警察に電話し、一応携帯電話で写真を撮っておいた。

それが送ってきたメールに添付された写真とのこと。

改めて見直すと、真っ黒い塊は確かに顔のように見えた。

Kさんの趣味

Kさんは40代なかばの独身男性だ。

大手有名企業でサラリーマンとして働いている。

優しい笑顔が特徴のスマートな男性だ。

そんな彼には、とある珍しい趣味がある。


「樹海で死体を探すこと」だ。


Kさんは20年ほど前、ある探検グループに誘われて初めて樹海を訪れた。

最初は軽い気持ちだったという。

死体が多いと噂されている場所を数人のグループで歩いていると、不意に異臭を感じた。

臭いのほうに進んでいくと、樹に死体がぶら下がっていた。

「顔は赤黒く腫れて、目、鼻、口からは灰色の液体がドロドロと溢れていました。そして肉が腐った強烈な臭いが鼻をついたんです。そのとき僕は『これだ!!』って感じて。ビギナーズラックというんでしょうか？　最初にそんなのを見つけてしまったら、もうやめられないでしょう」


Kさんはそれ以来、毎週のように樹海を訪れて死体を探したという。

会社の同僚に、週末は何してるんですか？　と遊びに誘われたときも、

「週末は疲れているから、一日中寝てるよ」

とウソをついた。

遊ばない人ではあったが、Kさんは当時ポルシェに乗っていたので、車好きの人だと思われていたそうだ。

「別にポルシェに対する愛情はなかったですね。ポルシェに乗ってたら早く樹海に着くんですよ。スピードも早いし、みんな避けてくれますしね」

樹海に早く着きたいから、その理由だけでポルシェに乗っている人はほかにいないだろう。

Kさんと樹海に行くと、GPSとコンパスで方向を定めながらかなりゆっくりと歩く。定

期的に足を止めて、周りをゆっくりと見渡す。

「色を見てるんですよ。自然って、緑色、茶色、黒くらいしか色のバリエーションがないんです。でも自殺者って自然にはない色を身に着けてることが多いんです。シャツの白や、ロープの黄色、リュックサックの紫色……とかね。それを見つけるために、ゆっくりと見渡してるんです」

じっくりとあたりを見渡しながら、進む様子はまるでハンターのようだ。

Kさんと一緒に樹海を散策しているとき、次から次へと白骨死体が見つかったことがある。樹にかけられたロープの下に、ゴロゴロと骨が転がっている様子は凄惨で目を覆いたくなる。だがKさんは、さほど関心を示さなかった。

「いやあ白骨はね……。まあないよりはあったほうがいいと思うけど、でもそれほど関心はないかな」

困ったような顔でKさんは言った。

彼が探しているのはあくまで〝腐乱死体〟なのだ。

肉がすべて溶けてしまった骨には関心がない。

色以外には臭いでも、死体を見つける。

一緒に三日間連続で死体の捜索を続けたことがあった。朝から夕方まで毎日歩き続け、足はパンパンに腫れた。なかなか死体は見つからなかった。

諦めかけたころ、ツンと腐臭が香った。

普段は大人しいKさんが、大きな声で叫ぶ。

「臭います‼　ここらへんに死体が絶対にあると思います‼　探しましょう‼」

くんくんと鼻をならしながら周りを見るが、なかなか見つからない。

人間の鼻では、臭いの発生源はなかなか見つけられない。じれったい思いをしていると、

「ありました‼　横たわって死んでいました‼」

近寄ってみると、地面に開いた穴の下に二人の死体があった。すでに表情は読み取れないほど肉が削げていたが、それでも二人の苦しみは伝わってきた。

ひたすら大きく口を開けて、喉を掻きむしるような形で死んでいたのだ。二人の近くには、

除草剤の缶が置かれていた。

「除草剤を飲んで心中したんでしょうね。除草剤を飲んで死ぬのは苦しいですから。二人ともかなり苦しんで亡くなったんでしょうね」

Kさんは、まじまじと二人の死体を覗き込みながら口を開く。

いつもと変わらない優しい表情なのだが、興奮しているのが伝わってきた。

そしてKさんは腐臭が漂う中、カバンからさけるチーズやサラダチキンを取り出してムシャムシャとかじった。

「僕が樹海で死体を探すのが趣味だと知っている人からは、よく『Kさんは人を殺さないんですか？』って聞かれるんですよ。さすがに僕はクリエイターではないですね。いくら死体が好きでもそこまではしません。でも最近は死体を育てていますよ」

「クリエイターではない」というのは「死体をクリエイト（製作）しない」ということ。

つまり人は殺さないという意味だ。

だが「死体を育てる」とはなんだろう。不可解な言葉だ。

「まだ死後間もない死体を見つけるじゃないですか。そうしたら定期的に足を運んで観察するようにしてます」

つまり死体が腐って変化していく様子を、観察することで「死体を育てている」のだ。

Kさんに死体を育てる過程の写真と動画を見せてもらったことがある。

最初の写真には大きな樹にロープをかけて首を吊っている男性が写っていた。まだ30代で、生きているときの面影が残っていた。

そして数週間後、顔は青黒く変色し、口や目からドロドロと液体がこぼれ出ていた。髪の毛や眉毛にはびっしりとハエが卵を産みつけており、口の中には大量のウジ虫が繁殖しているのが見えた。

そして夏場には一気に腐っていき、最後は白骨死体になるまでの様子がとらえられていた。

「死体が育っていく様を見るのは楽しいですよね」

と、Ｋさんは子供でも見守るようなとても優しい笑顔で語った。

憂愁の章

※憂愁（ゆうしゅう）…悲しみに襲われること。うれい。気分が晴れずに落ち込むこと。

蠱毒

俺が働いていた、ゴミ屋敷清掃や特殊清掃を主にしている『まごのて』の社長が、ふとした折に話してくれた話だ。

多頭飼いの現場は猫が多いんだけど、珍しく犬の現場もあったよ。

ダルメシアンを飼ってる金持ちで、大きな屋敷で飼っていてね。

最初はオスメス二頭だったのが、子供を六頭産んで合計八頭になってしまって、そのまま狭い部屋に放置されてた。エサや水は適当に与えられてたみたいだけど、散歩もさせてもらえないから、ストレスで家具や壁はめちゃくちゃに壊されてたんだ。

ダルメシアンって体重が15キロ～30キロくらいになるからね。八頭が毎日する糞尿はものすごい量だよ。それが垂れ流しになっていたから床板はグズグズに腐ってるんだ。

回復するのが不可能レベルで家屋は傷んでいて、結局、最初の二頭以外の子供六頭は全部、保健所で殺処分したって。

猫の多頭飼いの飼い主が、自殺してしまった現場もあった。最初はドアを開けても猫は見当たらなかったから、誰かに引き取られたか、逃げ出したかしたのかな？　と思ったけど、キッチンのシンクの扉をあけたら10頭以上の猫が肩を寄せ合って入っていて、ジッとこっちを見てた。

掃除をしていたら机の上に、

「すみません 死にます 猫ちゃんたのむ」

ってマジックでなぐり書きされていたよ……。

あ、無責任といえば、ひどい現場を思い出した。

若い女性から清掃の依頼の電話がかかってきたんだけどさ。その子は、アパートの一室に小型犬を飼っていたらしいんだ。

「この間、初めて恋人と旅行に行ったんです。旅行にウキウキしすぎて家に犬がいることをすっかり忘れてしまいました。旅の途中で思い出して……。部屋に帰ったら犬が死んでるかもしれないって思ったら怖くて帰宅できなくなっちゃって。もう一ヶ月以上帰っていません。

どうなってるか確認してください。もし死んでたら片づけてください」

ちょっと耳を疑ってしまったね。どういう神経でそんな依頼をしてくるのか……。

現場に行くともちろん犬は死んでいた。

水が欲しかったのか、シンクの蛇口の下で倒れていた。アパートの中でエサも水もなく、
飼い主を待ち続けて死んだかと思うとね……。


もっと悲惨だった現場もある。

一人暮らしの男がアパートで10匹の猫を飼ってた。飼い方はちゃんとしてたんだけど、あ
る日その男は警察に逮捕されてしまった。

逮捕された男は父親に、

「部屋に猫がいるからなんとかして欲しい」

って留置場から頼んだんだけど、父親はすぐにはそのアパートには行かなかった。

二週間経ったころ、やっとうちに相談の電話をかけてきた。

「ずいぶん経ってるしたぶん全部死んでるから、掃除しといてくれ」

という依頼だった。聞いているだけで、気分が悪くなったよ。

作業員も覚悟して現場に行ったんだけど、荒れ果てたアパートの中に一匹だけ生き残っていたんだ。

その猫は歯が抜けて、毛もボサボサで、死にかけの老猫に見えた。まだ六歳くらいの、若い猫だったはずなのに……。

一匹だけでも生き残っていてよかった、なんて思いながら他の猫の死体を片づけようとしたらさ、なんか変なんだよ。

すべての死体に、食いちぎられたような跡があって、周辺には肉片が散乱していたんだ。

そう、食べるものがなくなった猫たちは、共食いしていたんだね。

ハッとそう気づいて、生き残った猫を振り返った瞬間の「ニャーッ」と鳴いたあの表情は今でも脳裏に焼きついているよ。

その猫はうちのスタッフが引き取って、今も飼ってる。

ラブホテルの清掃

ラブホテルでアルバイトをしている女性がこんな話をしてくれた。

ある繁華街のラブホテルでアルバイトをしています。仕事内容はフロント受付とルーム清掃です。

場所柄、室内で麻薬を使用する人が少なくありません。

掃除で部屋に入ると大麻の煙の臭いがかなりキツく残っていたり、覚醒剤を炙るのに使ったであろうアルミホイルやスプーンが残されていることがあります。

麻薬をやっても帰ってくれれば別にいいのですが、中には過剰摂取で気を失ってしまう人もいます。そうなると救急車を呼ばなければなりません。

ある日、泊まり客が朝のチェックアウト時間を過ぎても出てきませんでした。

部屋に電話をかけても出ないため、仕方なくスタッフ二名で部屋に行きました。

ドアを開けると男性が部屋の端っこで壁を向き、地べたに座って電話をかけていました。

男性は40代なかばくらいの、髪型などからは真面目なタイプに見えました。

ホテルの白いガウンだけを身につけて、カタカタと震えていました。

部屋に入ってきた私たちのことには気がついていないのか、振り向きません。

ホテルに来たときには二人だったと記録にあったのですが、女性の姿はどこにも見当たりませんでした。


声をかけようと思ったとき、ベッドの上にかけ布団が簀巻き状に巻かれて置いてあるのに気がついたんです。

嫌な予感がして慌てて広げると、裸の女性がゴロリと出てきました。

浅黒い肌をした、おそらくフィリピン人かタイ人の20代の女性でした。

女性は苦悶の表情を浮かべてはいませんでしたが、あからさまに死者の顔をしていました。

慌てて警察と消防に電話をしたのですが、男性はその間もずっと壁の方を向いて電話をしていて、こちらを見ようともしませんでした。時折、

「お母さんは……」

という言葉が聞こえてきたので、電話の相手は母親だったのかもしれません。

まもなく警察と消防がやってきて、男性と死体を運び出していきました。

警察によれば、男性は40代の普通のサラリーマンで、愛人のフィリピン人女性と部屋で麻薬をやっていたそうです。

いわゆる脱法ドラッグとか脱法ハーブと呼ばれる危険ドラッグで、女性は吸引後に体調が悪くなってそのまま死んでしまったそうです。男性は通報せず、慌てて女性を布団にくるみ、そのあとは電話をして現実逃避をしていたそうです。

男性もドラッグをやっていたので、普通ではなかったんでしょうね。

警察が去ったあと、私たちはすぐに部屋を片づけました。

ササッと掃除が終えると、夕方には普通にお客さんを入れていました。

女性が亡くなったことをニュースで見ることは一切ありませんでした。

ラブホテルには、そんな事故物件がおびただしい数あると思います。

村八分

大阪の知り合いに、

「友達が村八分にあっていてちょっと話を聞きに行くけど、ついてきますか？」

と言われた。

場所は、兵庫県のかなり深い山の中だった。

小さい集落で、ポツリポツリと離れた場所に家が建っている。大きなお店は見当たらず、買い物をするのにも自動車が必要な場所だ。

村八分に合っているというOさんは25歳の男性で、70代の父親と二人暮らしをしていた。

自宅はかなり広い一軒家だった。

ぱっと見ただけだと快適な田舎暮らしのようだが、二人の表情は暗く沈んでいた。

「この村には母が病気になって、その療養のために引っ越してきました。当時、僕はまだ小学生だったのですが猛烈なイジメに遭いました。イジメというと子供同士のものと思われるかもしれませんが、イジメをしてきたのは先生でした」

Oさんは、淡々と話しだす。

「まず、教室に僕の机はありませんでした。転校してきてすぐ先生からは廊下で授業を受けるように言われました。それからずっと僕は、廊下で授業を受けていました。教師にはことあるごとに、『お前はバカだ。死ね』となじられていました。そして村で悪いことがあると、すべて僕のせいになりました。例えば、万引きがあると校長室に呼ばれて全教師に一斉に詰め寄られました。僕が『やっていません』と言ってもまったく聞く耳持たずで、強引に濡れ衣を着せられました」

表情も変えずに壮絶な体験を語る姿に、少し恐怖を抱きながらも話の続きを聞く。

「大人になったあとも、僕の立場は変わりませんでした。村で放火や車上荒らしがあったときも、すべて僕のせいになりました。もちろんイジメの標的になっているのは僕だけではありません。僕の父や亡くなった母も含めて嫌がらせの対象になっていました。町内会に、当たり前に参加させてもらえません。庭先や倉庫に置いていたものは、盗まれたり壊されたりしました」

そもそも嫌がらせが始まったのは、何が原因だったのか？　尋ねると、Oさんはさらに鬱々とした表情になった。

「そもそもの原因は犬を飼ったことですね。この村では戦後、貧しかったので犬を飼ってはいけないという暗黙のルールがあったんです。僕たちはそんなこと知らないので、犬を飼いました」

先の大戦が終わってもう70年以上の歳月が流れている。戦後はみんな貧しかったから犬を飼ってはいけないっていうルールがあったのも仕方がないが、現在もそれに従っているのはおかしいと思う。

俺がそう話すと、Oさんの父親は少し笑った。

「戦後と言っても、第二次世界大戦のことではないです。第一次世界大戦でも日清・日露戦争でもありません。もっとずっと前の、大和と出雲の戦いです。出雲が負けて以来ずっと明治時代までこの地域は年貢が高く、とても娯楽で犬を飼えるような経済状態ではなかったそうです。だから、村では〝四本足のモノは飼ってはいけない〟というルールがありました」

二の句が継げなかった。

大和と出雲の争いといえば、古事記や日本書紀に描かれる、神代の戦争だ。だいたい5世紀ごろと言われるが、詳細は分かっていない。そんなはるか昔の戦争の影響が現代まで続いているとはにわかには信じられなかった。

唖然としていると、Oさんは続きを話し始めた。

「数年前に母が亡くなってから、より村八分は激しくなりました。家賃未納をでっちあげられて、90万円の請求書が届きました。もちろんそんなお金を払う義務はないし、そもそも90万円もお金がありません。仕方なく裁判をすることにしました。すると、飼っていた犬が毒殺されました。昨日まではピンピンしていたのに泡を吹いて死んでいたんです。そして犬の隣で育てていた子猫は、踏み殺されていました」

犬が毒殺されて、猫が踏み殺された。

Oさんがアッサリと口にした話に、事態の深刻さを感じた。

「それでもう僕たちは怖くなって引っ越そうということになりました。隣村に家を借りて、そこに引っ越すことにしました。しかし父と2人でその家に行くと、家の前には隣村の村民が並んでいて、『お前らまともにここに入れると思ってるのか？』『気狂いの一家が住める場所はないぞ‼』と一斉に罵られました。すでに村八分は隣町まで及んでいて、とても引っ越せる状態ではなかったんです」

しかし、村民はそもそもOさん一家を村から追い出したかったはずだ。

隣村に手を回して引っ越しをさせないようにするというのがよく分からない。

実際、Oさんは村にとどまるしかなくなっている。

「村民は僕らが自殺するのを待ってると思うんですよ。追い込んで、追い込んで……」

そんなOさんの鬱々たる表情に続き、

「まあ、うちには猟銃があるんでね。やられる前には、やってやろうと思ってますよ」

Oさんのお父さんは、好戦的な顔で言った。

白い魂

最近、よく仕事で会う大阪在住の30代男性が、一つ怖い話があるというので聞いてきた。

東京でデザイナーをしている、40代後半の知り合いがいる。

彼は東北出身で、10代のころはバイクが好きで仲間たちとしょっちゅう山道にツーリングに出かけていたそうだ。

彼らがいつものように山道を走っていると、道の途中に大きな白い塊が落ちていた。

「動物……豚の死体か？」

と思い、速度を落としつつその塊に近づいた。

しかしその塊は動物ではなく人間だった。

とてつもなく太った、裸の女性だった。

「うわ‼　お化けだ‼」

全員がパニックになって引き返した。

だが仲間の一人が、

「いや、生きている人だったんじゃないか?　放置していたら車に跳ねられてしまうかもしれない。戻ろう」

と皆を説得して、現場に戻った。

バイクを降りてよく見れば、信じられないほど太ってはいるものの、確かに生きている女性だった。

彼らはふもとの公衆電話から、警察署と消防署に電話をし、女性はかけつけた警察官と消防隊員に無事保護された。

あとから分かったことだが、その山は地元の大地主が所有している土地だったという。

そしてその太った女性は、大地主の娘だったそうだ。

その女性には知的障害か精神障害があり、家族が山に作った建物に何年も何十年もずっと監禁されていたという。

そしてある日、何かがキッカケで女性は外に逃げ出した。

普段まったく運動をしていない太った身体ではふもとまで降りることはできず、路上で力尽きて倒れてしまったようだ。

結局、その出来事は新聞などに載ることはなかった。

女性は監禁場所には戻らず、保護施設に送られることになったというが、大地主にお咎めはなかったそうだ。

飼育下手

この話をしてくれたのは東京に住む30代の女性だった。

私の母は、生き物を育てるのが下手な人でした。

例えば植物を育ててもすぐに全部枯らしちゃうんです。猫を飼っても数年で死んでしまいます。

母は父と離婚したあとに、大恋愛をして再婚しました。

そのころ私は、母とはすでに別居していたのですが、急に電話がかかってきて、

「バイアグラを手に入れて‼ すぐに‼」

その剣幕にビックリしながらも、伝手をたどってバイアグラを手に入れ、母に渡しました。

再婚相手はアルコール依存症で、勃起できなかったらしいんです。どうしてもセックスをしたかった母は、バイアグラをすり潰して食べ物に混ぜたそうです。

後日、

「あなたがくれたバイアグラ本物⁇　全然効かないじゃない‼」

と怒りながら言う母に、

「いくらセックスがしたくても、食べ物に勝手に混ぜたらダメだよ……」

と注意したら、

「そっかー」

って。

その再婚相手も三年で死にました。肝硬変だったそうです。

死んだあとは、ものすごく悲しんでいたんですけど、半年後には新しい彼氏ができていました。

玄関に貼られていた、亡き夫の表札は雑に破って捨てられていました。

新しい彼氏は、爬虫類をたくさん飼っていました。

でも母が関わるとなぜかどんどん死んでいくんですね。新しい彼氏が大事にしていた、赤い色のトカゲのももちゃんもアッサリと死にました。新しい彼氏が、

「ももちゃんは可愛かったな……」

と言うと母は、

「そうなんだ、私も会いたかったな」

と言っていました。

ももちゃんは母が殺したんですけど、覚えてないみたいでした。

ある日母から、

「あなたに新しいお兄さんができたよ」

って言われました。

パチンコ屋にいた、孤独な若い男の子を拾ってきて養子にしたらしいんです。

彼にはずっと一緒に暮らしてきた犬がいたんですけど、犬ごと引き取りました。犬は15歳の老犬でした。

母は自分が住んでいた団地のベランダで老犬を飼い始めました。

動物をまともに飼えたことのない母ですから心配になって、

「ちゃんと散歩させているの？」

って聞いたら、

「部屋の中をウロウロ歩いているから大丈夫よ‼」

母がそんなひどい飼い方をしているにも関わらず、義兄からその犬は引っ越す前より元気になったと聞いてホッとしました。

でもある日、母から電話がかかってきて、おいおいと泣いているんです。

「犬が死んじゃって、もう悲しくて、悲しくて。あの子（義兄）も犬の亡骸を抱いて泣いていたのよ……」

どうして急に死んでしまったのかを聞くと、

「保健所で殺処分してもらったの」

母は、ペット不可の団地で犬を飼っているのが面倒になったらしく、保健所に連れて行って殺させたらしいです。

つまり母は、自分で犬を殺しておいて、

「犬が死んじゃった」

って泣いていたんです。

そして結局、その義兄もある日を境にいなくなってしまいました。

生死は不明ですけど、もう何年も会っていません。

あ、言い忘れてました。

私には兄と妹がいたんですけど、私に物心がついたころには二人とも死んでいました。

私って母と関わっているのに30歳過ぎても生きていられて、すごく運がいいなって時々思います。

試写会

大阪在住の30代の男性に聞いた話だ。


もう20年くらい前の話です。

俺には兄貴がいまして、当時20歳くらいでした。兄貴はホストをしたり裏稼業をしたりと、ちょっと不良な稼ぎ方をしていたんです。

そんな兄貴がある日、

「この間、バイトですごい場所に行ったわ」

と告白してきました。

ある日、兄貴はいつも仕事を斡旋してくれる人から
「今日の夜ちょっとバイトをしてくれへんか？」
と頼まれました。

で。


「なんの仕事ですか？」

「ビデオの試写会」

さては裏ビデオの上映会だろうな、と兄貴は思ったそうです。

当時、世の中には流通しない、裏ビデオがアンダーグラウンドに出回ることがあったそうです。ダビングされる本数も非常に少なく、大体はオークションで販売されていたらしいので。


兄貴は指定された大阪某所のマンションに行きました。

会場に着くと、顔全体を隠すフェイスマスクをかぶるよう指示されます。

「次々に客は来るから」

斡旋者の言葉通り、背広を来た人たちが10人前後マンションを訪れてきました。

兄貴たちは客たちにもフェイスマスクを渡して、つけるように指示。そして、数字が書かれた札も渡しました。

すぐに上映を始めました。

登場したのは、おそらくタイかベトナムあたりの女性で、ひどく怯えている様子だったそうです。女性を取り囲む男たちは、全員フェイスマスクをつけています。

セックスが始まるのだろうと思って観ていると、男たちはナイフを取り出しました。

そしてナイフで彼女の腕を傷つけ始めたそうです。最初は肌の表面を切るだけでしたが、徐々に深くえぐり、最後には斧で手を切断しました。

女性の悲痛な叫び声が、マンションの室内に響き渡ります。誰も言葉は発しませんが、室内には独特の熱気が漂っており、兄貴も冷汗が止まらなかったそうです。

ビデオは女性が絶命するまでの様子が映し出されました。

そして次のビデオも、その次のビデオも、同じような残酷な殺人ビデオ『スナッフムービー』だったのです。

「ひょっとしたら、フェイクビデオではないか？」

とも思ったそうですが、どうにも本物に見えたとか。

そして集まった男たちは、黙々と数字の書かれた札を上げていました。10万円からスタートで、最高額は50万円ほど。その値段の高さからも、兄貴は「本物ではないか」と感じたと言っていました。

後日、兄貴は斡旋者に、

「マジでああいうのあるんすね？　買いに来る人ってどういう人なんだろう」

と尋ねました。

斡旋者は、

「あのとき競りにきてたの○○社の社長やで」

そう皆が知っているであろう会社の社長の名前をあげたそうです。

元カレの電話

東京在住の40代の女性が、もう思い出したくない、と言いながらしてくれた話だ。


大学時代に四年間つき合っていた彼氏がいました。出会いは二人が所属していたソフトテニス部で、結婚も考えていました。

ただ彼は大学卒業後に実家の企業に就職することになり、別れました。正式に別れたわけではなく、急に彼に連絡がつかなくなり、そのまま自然消滅のような形で終わりました。

でも私の中にはまだ「彼が好き」という気持ちがあって、未練が残っていたんです。


私は卒業後は東京で就職して、忙しい会社員生活を送っていました。

数年経ったある日、携帯電話のアドレスを操作していると、彼の名前を見つけました。

なんだか、急に懐かしさや愛しさがこみ上げてきて、思わず電話をかけてしまいました。

しばらくコールが続いたあとに、ガチャっと電話を取った音が聞こえ、

「もしもし……？　お久しぶり……」

　と話しかけてみると、

「久しぶり‼」

　予想よりもずっと軽快な声が返ってきました。

　私はホッとして、

「電話番号変えちゃったかと思ってた‼　なんであのときは急に連絡とれなくなったの？　心配したし、寂しかった」

　と別れてからずっと抱えていた思いを吐き出しました。

「ごめん、実は事故に遭ったんだよ。それでそのあと、誰にも連絡できなくなってたんだ。でも、今でも好きだよ」

　私は舞い上がりました。それからは、毎晩彼に電話をするようになりました。

「あの頃は楽しかったよね！」

　など大学時代のことを話すと彼も、

「あいつら、今も変わってないのかな？」

　とても懐かしそうに応えてくれました。

一ヶ月間、毎日のように電話をして、私は彼のことを改めて好きになっていました。

そして彼は、

「よかったら会おうよ。よりを戻そう」

と言ってくれて、有頂天になりました。

彼は学生時代、東武東上線沿いのある街に住んでいたのですが、実は今もその街に住んでいると言います。

当時は学校やバイトのあとに、彼の家に行っては泊まっていました。

久しぶりにその街を歩くと、当時のことを思い出して胸がドキドキしました。

駅前で待ち合わせをしていると、三菱パジェロが横に停まりハザードランプでチカチカと挨拶をしてきます。

窓越しに手を振ろうとしましたが、黒いスモークフィルムが貼られていて中は見えません。

助手席のドアを開けて、自動車に乗り込み、

「お待たせ‼」

と彼に言って彼の横顔を見ました。

運転席にいる男は、私が知っている彼の顔をしていませんでした。

「ビックリした？　顔が違うでしょ？　事故に遭って整形したんだよ」

男はそう言うと、車を発車させました。

（本当に事故にあったの？　でも顔に傷跡があるわけじゃないし。体型も違うような……。でも何年も経っているし……）

しばらく思考がぐちゃぐちゃになっていたのですが、直接聞く男の声は全然彼の声ではなく、急に今の自分の置かれた状況に気づきました。


一ヶ月間、元恋人だと偽っていた男の自動車に乗っている。

そして自動車は高速道路に乗ってしまったから降りられない。

私はパニックになって

「怖い‼　殺さないでください‼　家に帰してください‼」

とギャアギャア叫びながらお願いしました。

するとその男は、

「本物じゃなきゃダメ?」


元彼はとっくの昔に電話を解約していて、その電話番号は男のものになっていたのです。女性から電話がかかってきたので、思わず「久しぶり」と返事して、適当に話を合わせていたそうです。

結局、降ろしてもらえることになったのですが、

「一ヶ月間、話している間に本当に元彼女のような気がしてきたんだ。こんな出会い方じゃなければよかったんだけど。もしよかったら、つき合えないかな?」

道中ずっと繰り返される彼の言葉に、私は泣きながら、

「無理です……無理です……」

と断り続けました。

疑惧の章

※疑惧（ぎく）…疑って、恐怖を感じること。

蝦蛄

2003年の五月、突如出版社からタイのサムイ島に行ってくれないか？　と頼まれた。聞けば、先輩ライターのYさんがサムイ島を取材するから、アシスタントとして同行して欲しいという話だった。

Yさんとは二〜三年ほど前から知り合いだった。とはいえ、出版社の忘年会で顔を合わせるくらいの薄い繋がりだが、

「ただで海外に行けるならいいか」

と安請け合いして、Yさんと一緒にタイへと出発した。

海外取材はまったくの素人である俺とは違い、Yさんは英語も話せるし、経験も豊富だった。基本的に任せておけば安心だと思っていたのだが、Yさんは時折非常に暴力的になる人だった。

取材の途中でYさんのカメラが紛失した。

どこで失くしたか確証はなかったのだが、Yさんは直前に取材で立ち寄ったゴーゴーバーに怒鳴り込んだ。

店に入るやいなや、女の子にいきなり火をついたタバコを投げつけ、

「この泥棒野郎‼」

と怒鳴りつけたのだ。

もちろん女の子も黙っているわけはなく、「ペッ‼」とYさんにツバを吐きかけ、罵声を浴びせた。

あっという間に、ゴーゴーバーの支配人や常連客なども巻き込んで、大騒ぎになってしまった。

俺はゴーゴーバーの端っこで青ざめて立ちすくむしかできなかった。

そんな具合に、いくつか大変な思いはしたものの、なんとか取材を終えて日本に帰国した。

取材さえ終わってしまえば、会うこともない。実際、しばらくはYさんを思い出すこともなかった。

9月になって、Yさんから編集長に一通のメールが届いた。

メールの内容は、

『すべてが面倒なので、旅に出ることにします。』

という、そっけないものだった。

Yさんは、その雑誌では非常にたくさんの仕事をしていた。Y名義の仕事もあったし、別名義での仕事もあった。締め切りまで間もないときに急に旅に出てしまったということで、編集部は大慌てとなった。

急遽俺にもいくつか仕事が回ってきた。

編集も俺も、

「飛ぶなら仕事を終わらせてから飛べよ」

と悪口を言いながら、なんとか仕事を終わらせた。

メールが来てから九日後、俺は編集と一緒に池袋で路上インタビューをしていた。

仕事を終えたところで、編集部から電話がかかってきた。

「今、テレビでニュースになっているんですが……。Yさん、東京湾で死体で見つかったらしいです。殺人……みたいです」

俺は同行していた編集と、無言で目を合わせた。

Yさんの死体はひどい有様だったという。

後頭部二ヶ所が陥没し、背中八ヶ所が刺されていた。しばらく東京湾に沈んでいたから、すぐには誰だか分からないくらい腐っていた。

たまたま指紋は取れたため、Yさんの遺体だと判明したという。

つい数ヶ月前に、一緒に海外旅行をした人が殺されて東京湾に沈められた。

その事実を理解すると同時に、指先や唇から血の気が引いていくのが分かった。

Yさんと俺はほとんど接点はないのだが、俺も危ないのでは？　という思いが頭から離れない。

俺はどうにもまっすぐに家に帰る気にならず、ゴールデン街のバーに行って朝まで飲んだ。

後日ママから聞いたところによると、俺は傍目にずいぶん挙動不審で、怯えていたようだ。

俺は朝方家に帰りつき、そのままベッドで寝込んだ。

そして昼頃に見知らぬ番号からの電話で起こされた。警察からだった。

「事情を聞きたいから、村田さんにとって都合のいい喫茶店まで行く」

俺は普段打ち合わせで使用している、家の近所の喫茶店を指定した。

二日酔いでやや痛む頭を抱えながら喫茶店に行くと、すでに二人組の背広姿の警察官は到着しておりこちらを見て頭を下げた。

見たところ50代の中年刑事と、20代後半の若手刑事の二人組だ。

中年刑事から名刺を渡された。名刺には水上警察のスタンプが押されていた。

中年刑事は仕草こそ丁寧なのだが、顔は恐ろしく険しかった。

「村田さんがYさんと最後に旅行した人間なんだよ。だからきっとYさんも何か語ってると思う。最初から洗いざらい話して。全部思い出して」

とかなり高圧的だ。

そう言われても、ろくなことは覚えていない。Yさんは非常にふかして話をするタイプの人だったのだ。


『俺はピューリッツァー賞を取ったことがある』

『パリダカの専属カメラマンだった』

『キャバクラに行ったら絶対にセックスができる方法がある』


どこまでが本当で、どこまでが嘘か分からない。そもそも年齢も本当は38歳なのに、45歳だと逆鯖を読んでいた。実年齢は殺害後に知ったのだ。


それでも思い出しながらつらつらと話していると、中年刑事が、

「キャバクラでセックスできる方法は、どういう方法だって言ってたんだ？」

と思わぬ方向から、急に食いついてきた。

「え、あ、ええと……。覚えてないです」

と答えると、

「なんで先輩が方法論を話してるのに、聞いてないんだ‼」

と怒られた。

コーヒー一杯で何時間も話をさせられた。たまにこちらから、

「遺体はどういう状態だったんですか？」

などと聞くと、

「お前は答えるだけだ‼　質問しろとは言っていない」

とこれまた怒られる。

周りの席の人たちもこちらを見ている。いつも使っている喫茶店を指定しなければよかったと後悔した。

いい加減ウンザリして俺は、

「俺が犯人だと疑ってるんですか？」

と聞いた。刑事ドラマでは、

「いえいえ、とんでもない。形式上のものです」

と答えるシーンだ。だがその中年刑事は、

「ああ。今の所、犯人だと疑っている」

としっかり目を見て言われた。

刑事に殺人犯だと疑われている、というのは想像以上に嫌なものだった。

結局それから間もなく、犯人は逮捕された。また連絡すると言っていた警察からも電話がかかってくることはなかった。

犯人はYさんと一緒に仕事をしている人だった。元暴力団員で、暴力団を辞めたあとはスキルの必要な、ある仕事をしていた。

Yさんは以前、犯人と一緒に単行本を出したことがあったという。聞くと、その本の作り方が、かなり特殊だった。

犯人に300万円出してもらい、そのお金を製作費にして出版社から単行本を出版する。本の内容は、犯人の仕事をステルスマーケティングするような内容だった。

もちろんその本が出ることによって、犯人は得をするのだが、それにしても300万円とは結構な値段だ。普通、出版社から単行本を出すときは、そんなやり方はしない。

一冊目の単行本の出版は上手くいき、二冊目を作ることになった。二冊目も犯人はやはりYさんに300万円を支払った。

しかし、待てど暮らせどYさんは二冊目を作らなかった。

Yさんがサボっただけかもしれないし、出版社が二冊目の出版にNOを出したのかもしれない。ただいずれにせよ300万円払って、放置されるのは確かに腹が立つだろう。

犯人はYさんを問い詰めたが、Yさんは逆に開き直った。

雑誌に、犯人が暴力団員時代にしていた悪事を書き立てたのだ。しかもほぼ本名で書いた。

犯人は、

「チャカ（拳銃）のからんだ話を書きやがった。あいつを刺す」

と激昂したという。

そして池袋の飲食店でYさんを拉致したあと犯人のアパートでリンチにした。

すでにボロボロの状態のYさんをボートに載せ、海上で刃物で背中を刺してとどめを刺し、重りをつけて東京湾に沈めた。

死体につけた重りは実に22キログラムだったという。念入りに沈めた死体が、まさか一週間やそこらで戻ってくるとは思わなかっただろう。

何はともあれ、犯人が逮捕されたことで事件は終わった。

すっかり事件を思い出さなくなったある日、俺はトークライブハウスに出かけていた。

すると知人が話しかけてきた。

「こないだのライターが殺された事件、村田さん知ってます?」

彼は俺がYさんが知り合いだとは知らない様子だった。

俺は曖昧にごまかすと、知人はなお話を続けた。

「あの事件を担当したの知り合い警察官だったんですよ。死体の引き上げをしたらしいんですけど、死体を陸に上げたら、死体の中からおびただしい数の蝦蛄(シャコ)が出てきたんですって。すっげえ気持ち悪かったたって言ってました」

それ以来、寿司屋なんかで蝦蛄を見ると、Yさんの死体からビチビチと飛び出してくる姿を想像してしまう。

蛇の声

皆さんは蛇の鳴き声を聞いたことがあるだろうか？

おそらくないだろう。

蛇にはそもそも声を出すための声帯がない。

ガラガラ蛇は「シャーッ」っと音を出すが、あれは尻尾を激しく振って音を出している。

蛇は鳴き声を出せない……だが俺は一度だけ蛇の鳴き声を聞いたことがある。


ずいぶん昔に、ほんの短い間だけ結婚していたことがある。

当時、俺が一人で住んでいた高田馬場の２Kのアパートに元妻が押しかける形で引っ越してきた。十分な広さのあるアパートだったから、二人暮らしになってもしばらくは大丈夫だろうと思った。

元妻は、個人で爬虫類ショップを経営していた。一応店舗もあって、蛇やトカゲなどを販売していた。

俺は爬虫類は好きじゃなかったし、そもそもアパートの条件が『動物の飼育禁止』だったので、

「家に爬虫類などは持ち込まないこと」

という条件で一緒に暮らし始めた。

だがある日、

「ショップに運び入れるまでの数日間だけ、部屋に蛇を置かせてもらえないか？」

と頼まれた。

釈然としなかったが、

「本当に数日間だけなら……」

としぶしぶ約束した。

部屋には子供のコーンスネークとラットスネークが入った三つの小さなカゴが置かれた。

約束を破られて少し嫌な気持ちになったが、蛇は静かで仕事の邪魔にもならないため放っておいて、数日間、他県に出張に出かけた。

家に帰ってくると、部屋の様子が出たときと違う。棚が増えて、そこには虫かごや水槽が

並んでいた。中にはまだ小さい赤ちゃん蛇から、野生から捕まえてきた成体の蛇まで、30匹以上が蠢いている。

俺は言葉を失った。そして、なんだか面倒くさくなってしまった。

幸い、俺の仕事部屋には爬虫類は侵入していないし、当時は家の外に仕事ができる作業場があったので、見て見ぬ振りをすることに決め込んだ。

俺に何も言われなかったのをいいことに、加速度的に蛇の数が増えていった。

部屋の壁はほとんど虫かごと水槽で埋まった。爬虫類だけかと思ったら、マダガスカルオオゴキブリ、ダイオウサソリ、ウデムシといった、ペットとして飼われる虫のたぐいも増えていった。

マダガスカルオオゴキブリは

「ギギギギギ……ギギギギギ……」

と鳴いた。ゴキブリの鳴き声が聞こえる場所ではとても安眠できない。

さらに、トカゲたちのエサとして大量のコオロギが持ちこまれ、

疑惧の章

「リリリリリ……リリリリリ」

一晩中コオロギたちはけたたましく鳴き続ける。すっかり眠れなくなった。

冷凍庫を開けてまた辟易した。

蛇のエサのネズミがギッシリと入っていたからだ。ピンクマウスと呼ばれる、生まれたてのネズミから毛の生えたラットまで、様々なサイズのネズミたちが凍りついていた。

とてもそこに食材をいれる気にはならない。

蛇やトカゲ自体はそれほど臭わないが、ネズミを消化して出た糞はひどく臭った。

部屋中にどんよりとした腐敗臭が漂った。


ある日家に帰ってくると、元妻の部下が家にかなり大きな木製のケージを設置していた。

元妻の部下は、あくまで元妻の部下であって、俺に対してはほとんど口を利かない。さも当たり前のような顔で作業をして、設置が終わると帰っていった。

そして数日後、その木製のケージには体長数メートルもあるアミメニシキヘビが入れられた。アミメニシキヘビを飼育するには、設備を整えた上で許可をとらなければならない。絶対に届け出など出していないに違いない。そもそも普通のマンションに飼育の許可がおりるとも思えない。

たまに逃げ出してニュースになっているが、許可なく飼育していた人は逮捕されている。下手したら、家主である俺が逮捕されて刑事処分される可能性もあると思うと胃が痛んだ。

俺は家に帰るのがすっかり嫌になってしまっていた。今思えば、軽い鬱になっていたと思う。

ある日、ひょんなことからたまっていたストレスを吐き出してしまった。

「いいかげんにしてくれ‼　勘弁してくれ‼」

少しでもいいから、部屋にいる爬虫類や虫たちを減らしてほしかった。

だが元妻は真逆の行動をとった。自分が家を出ていって、そしてそのまま帰ってこなくなったのだ。

俺の部屋には、俺と数百匹の蛇と虫が残された。

季節は冬にむかい段々寒くなってきていた。

俺のアパートはとても古い建物だった。

仕事部屋にはエアコンがついていたが、廊下やベッドルームには温風の出る暖房器具はない。寝るときは電気毛布で布団を暖めて寝ていたため、部屋の気温はほとんど上がらない。そのときは知らなかったのだが、蛇は寒さにとても弱かった。さらに俺はエサのやり方も水のやり方も分からなかったから、放っておくしかない。

爬虫類たちは、どんどん弱っていくように見えた。

ある晩、

「コオオオオオ……コオオオオオ」

と聞いたことのない音で目が覚めた。

音のする方を見ると、アミメニシキヘビが鎌首をもたげ、口を大きく開けていた。

そして苦しそうに、

「コオオオオオ……コオオオオオ」

と鳴いていた。

鳴き終えると、バタリと倒れてそのまま動かなくなった。

蛇の断末魔の叫び声だったのだろうか。

俺はたしかに蛇の鳴き声を聞いたのだ。


俺はいよいよ精神的に追い込まれた。

『顔を合わせたくないなら、合わせないでいいので、一週間以内にすべての爬虫類を引き取ってください。できない場合はすべて保健所で殺処分してもらいます』

という最後通告のメールを送った。

ついでに離婚をしたいという提案もしたが、こちらはむしろついでだ。


それから俺は一ヶ月半ほど作業場で寝泊まりした。

元妻から、

「引き取った、離婚届を書いた」

というメールを受け取り、しばらくしてから家に帰ると、すっかり爬虫類はいなくなっていた。

一瞬ホッとしたのだが、部屋が臭い。爬虫類たちはいないのに、腐臭が漂っている。腐臭の原因を探し、冷凍庫を開けると、中からデロデロに腐ったアミメニシキヘビの死体が転げおちてきた。あのとき鳴き声を上げたヘビだ。

俺は短く叫び声を上げたあと、キッチンに崩れ落ち、いつまでも床に転がったアミメニシキヘビの顔を眺めていた。

リンチ

年末に大阪で、ホームレスをテーマにトークライブイベントをすることになった。

告知をしたところ、

『野宿者が、どのような経緯で野宿されているかご存知ですか？　どんな気持ちで野宿されているかご存知ですか？　西成のことを知らないくせに、野宿者を笑い者にしないで下さい。不謹慎すぎます‼　野宿者に対して失礼です。謝れ‼』

というコメントがついた。

別にホームレスを笑い者にするつもりはなかったが、こういうバッシングコメントはよくあるのでそのまま無視をした。


大阪に到着して、ホテルにいるとメールが入った。

『ファンなので会いたいです。大阪にいるならぜひ‼』

という男性からのメールだった。

待ち合わせ場所は、ドヤ街・西成の中心地である三角公園だった。
攻撃的なコメントがついたあとだったし、どうにも罠の臭いがしたが、好奇心をくすぐられて行ってみることにした。

三角公園では夏祭りの準備の真っ最中。
公園の真ん中には毎年大きな櫓(やぐら)を組んでいる。
その櫓のそばから40代の男性が近づいてきた。
「村田らむさん‼ 西成のことを馬鹿にした記事を書く村田らむさんですよね‼」
周りに聞こえるような大きな声で話し始めた。
櫓の準備をしている他の男性に、
「この男は、西成のことやホームレスのことを馬鹿にして稼いでいるんですよ」
と話しかける。準備をしている男たちは一斉にこちらを睨んだ。
あっという間に剣呑な雰囲気になった。
俺は周りをぐるっと見回した。
少し離れた場所で大柄な男が、こちらをビデオカメラで撮影しているのが見えた。

あとから分かったことだが、40代の男性は、

『野宿者に対して失礼です。謝れ‼』とコメントを書いた女性の恋人だった。

二人とも、西成の過激な労働団体に入っているようだった。

男は女に、

「村田らむをリンチしてほしい」

と頼まれて、メールで呼び出した。

そして周りを焚きつけて、一斉に俺を攻撃する予定だったという。

その事実は、後日カメラを回していた男性から直接聞いた。

「今から村田らむをリンチをするから、その様子を撮影してほしいって言われて、カメラを持って三角公園へ行った。結局リンチはなくてガッカリだった」

俺も多少、揉めごとになるくらいは覚悟していたが、さすがにいきなりリンチされるとは思っていなかった。

見通しが甘かった自分を呪いながら、

「じゃあ僕はホテルに戻るので……」

とあとずさると、すかさず、

「まだいいじゃないですか。ゆっくりしていってくださいよ」

手を掴まれた。

どうやって逃げるか、ヒリヒリとした気持ちで考えていると、公園の外に大型のバンが停まった。

そして、バンからは歌手の加藤登紀子が降りてきた。それに気づいた人たちが歓声をあげる!!

まるでウソを言っているようだが、本当の話だ。翌日開催される西成の祭で、加藤登紀子はコンサートをすることになっていた。

前日、急に前乗りでやってきたのだ。

そしてマイクチェックがしたいからと言って、壇上に上がると歌を歌い始めた。

加藤登紀子の歌声にたくさんの人たちが集まってきた。俺を囲んでリンチする寸前だった人たちも、すっかり加藤登紀子に見とれていた。

俺はその隙に逃げ出した。

翌日、少し怯えながらも俺は夏祭りの様子を伺いに行った。

昨日の今日なので、かなり慎重に行動していた。

写真が展示されているコーナーを見ていると後ろから、

「楽しんでますか」

と声をかけられた。

振り向くと、ひどく憎しみのこもった笑顔をたたえた女性が立っている。

聞くまでもなく、『謝れ‼』のコメントを書いた女性だと分かった。

女性はするどい視線で、

「お前なんかいつでも殺せる」

と俺に伝えると、サッと立ち去って行った。

畜生道

ある宗教団体に潜入していたことがある。

団体は、杉並区の住宅街の普通の一軒家を教団の道場としていた。

その団体では、「南無阿弥陀仏」と唱えれば阿弥陀様が救ってくれるという「他力本願」の仏教ではなく、自分が修行をしなければダメだという考え方だった。

自分を救うのは、自分だけ。

まじめに毎日修行をした人だけが、救われる。

だから、みんな非常に熱心に修行していた。


週末には徹夜で修行が行われていた。

道場に行くと、まずは地下に降りて、そこで全員で五体投地をする。立った状態から、手を上に上げ、ひざまずき、そして手足を前に伸ばし地面に横たわり、立ち上がる。

それを一時間の間、何度も何度も繰り返す。

会場には、大きな音でワーグナーのクラシックがかかっていた。

サポーターをしていても、擦れて血がにじむ。五体投地を一時間やっただけで人によってはバテてしまうだろうが、これは準備運動にすぎない。


そこからはそれぞれの修行が続く。

教団が作ったビデオを見たり、頭に修行用のヘッドギアをつけて瞑想したり、基本的に各々が自分のしたい修行をする。

ちなみに、修行と修行の間に原則的に休憩はない。食べること、寝ること、性行すること、これらは悪とされていた。だから、修行と修行の間も休まないのだ。うたた寝してしまうと、竹刀で太ももを打たれた。


全員での修行は五体投地以外では、経行(きんひん)と呼ばれるものがあった。経行とはつまり、速歩きのことだった。

深夜の二時〜三時ごろ、全員でスタスタスタスタと早歩きをして、近所の大きい公園まで行く。そして到着したあとは、公園の池の周りをグルグルとひたすら歩き続けるのだ。

信者の中にはいわゆる修行服を着ている人もいた。怪しげな宗教団体が深夜に白装束で徘徊しているのだ。

はたから見たらさぞかし怖かっただろう。

カルト宗教の信者だから、頭がおかしいのかといえばそんなことはなかった。

信者の人たち一人一人は、まじめで優しい人が多かった。

俺も最初は恐る恐るだったが、しばらく信者として道場に通っていたら段々居心地もよくなってきた。

逆に道場から外に出ると、公安警察に腕を掴まれて、

「名前と住所を書け‼」

と脅されたりするから、

「道場中にいる方が心が落ち着くなぁ」

などと思うようにすらなっていった。

ある日、修行の合間の勉強会で指導者的な立場の出家信者が語り始めた。

「ちょっと今日はみんなに聞いてもらいたいことがある。みんなも知ってる信徒のAが先日亡くなった。ガンだった」


まだ入信してまもなくの頃だったので、Aさんとは会ったことがなかった。

だから実感はわかなかったが、それでも死を悼む気持ちになった。

しかし、周りの信者はそうではなかった。


「奴は全然まじめに修行してなかったからね。結局、そうやって自分に甘える人はガンになるし、ガンになっても克服できないんだよ。まあ奴は、もう二度と人間には生まれ変われないね‼ よくて、畜生道か餓鬼道だね‼」


そう言うと嘲るように笑った。

それを聞いていた、周りの一般信者たちもつられてゲラゲラと笑った。

指導者的な出家信者は、

「みんなもそうなりたくなかったら、きちんとまじめに修行するように」

と話を締めくくった。

俺は、強烈な違和感と恐怖を感じた。周りにいる人たちが、急にバケモノになってしまったような気がした。

彼らはとてもまじめな人たちだった。

真剣に修行していたし、人生についても、世界についても、とても熱心に考えていたと思う。しかしまじめさは、決して正常さを測る物差しにはならないのだと思い知った。

今でも彼らは杉並区の道場の地下で、修行を続けている。

ハニートラップ

こういう仕事をしていると、様々な業界にいろんな繋がりができたりする。しかし、潜入取材をするときに、そのコネや伝手を使うことはない。

なぜコネクションを使わないのか？　かつてひどい目にあったことがあるからだ。

ある日、雑誌の編集者から、

「ハニートラップをする毛皮屋に潜入しないか？」

と持ちかけられた。

話を聞くと、よく編集部を出入りしているある人物から、

「毛皮屋にツテがある。潜入するなら手引ができる」

という密告があったという。

指示された通り雑居ビルに行くと、たしかに毛皮のコートが展示してあった。すでに、な

んだかいかがわしい雰囲気だ。

テーブルに着席すると、30歳前後の女性がそばについて全力でセールストークをしてきた。

ただ、ハニートラップという感じではなかった。

「毛皮のコートを着ていたら、絶対にもてますよ。ジャンパーなんか着てたら、女は寄ってきません」

「ここが人生のターニングポイントですよ。思い切って買わないと一生後悔しますよ」

などと執拗に売り込まれた。

毛皮の値段は約50万円だった。

のらりくらりとかわしつつ、どのように販売をするのか取材をした。

話を聞くだけ聞いて、最終的に断って帰ろうとすると、女性が猛烈に怒りだした。

「あんたなんか一生幸せになれないよ‼」

酷いことを言うものだと思ったが、取材としては万々歳で、それをそのまま記事にした。

しかし後日、その記事が毛皮屋を運営している人の目に止まったらしい。もちろん、まっとうな人ではない。

編集部に密告した人物は特定され、問い詰められた。そして彼は、まんまと俺の携帯番号を運営者に吐いた。

ある日俺が、見知らぬ番号からの電話に出ると、

「村田さんやってくれましたね。事務所でゆっくり話しましょうか。いやいや、謝ればすむって問題じゃないでしょう。事務所に来てくれたら、いろいろとじっくりと教えてあげますよ」

脅迫にならない程度にじっとりと脅された。

反社会的勢力やそれに近い人たちに脅されるのはとても嫌なものだ。

編集部にも相談したのだが、

「そんなのは知ったこっちゃない。自分でなんとか解決しろ」

と、とても冷たい対応。

俺の電話をバラした人物も、連絡が取れなくなった。

結局二週間ほどしつこく電話がかかってきたが、やがてかかってこなくなった。

結果的に命は落とさず、怪我もせずにすんだから、よかったのだが反省した。

それ以来、取材をするときにはツテやコネに頼るのはやめようと心に決めた。

そして、これは直接関係ない話ではあるのだが、編集部に「毛皮屋にツテがある」と密告した人物は、数年後に薬のオーバードーズで部屋で孤独死しているのが見つかった。

発見には時間がかかり、かなり腐っていたという。

病院手配師

東京都庁舎の隣にある新宿中央公園は、かってはたくさんのホームレスが生活していた。今では立ち退きさせられテントは建てられなくなったが、それでもいつも何人かのホームレスはいる。

俺が取材をしていると、60歳前後の男性がベンチに座ってくつろいでいるのが見えた。

その日はとても寒かったので、

「ここんとこえらい寒いですけど、体調大丈夫ですか？」

と話しかけると、

「全然大丈夫じゃないよ、俺は今こんなことになってんだよ」

とつっけんどんな言葉が帰ってきた。

彼はおもむろに手に持っているハンドバッグを開けると、中からビニールパックを出した。ビニールパックの中には黄色い液体が入っている。

「これは尿パック。つまり俺の尿なの。尿パックは尿道につながってるの。こんな状態だから全然体調なんてよくないよ‼」

つまり袋の管は導尿カテーテルを介し、この男の男性器につながっているのだ。

導尿カテーテルをつけたままホームレス生活をしている人がいるなんて、ちょっと信じられなかった。なぜそんなことになってしまったのか。

「ベンチに座ってたら、背広を着た連中に『体調大丈夫ですか?』って聞かれたんだよ。今みたいにさ。それで『いや大丈夫じゃない』って答えたんだ。俺は、『最近オシッコの出が悪いんだよ』って。そうしたら、その背広を着た連中がさ、『では病院で治療を受けましょう』って車に押し込むんだ。でも、近所の病院に行くと思うだろ? ところが、自動車は数時間停まらなかった。そしてやっと降ろされたと思ったら見たことない場所だったよ」

東京からずいぶん離れたS県まで来ていた。なぜこんな遠くまで来るんだろう? 不思議に思っていると、病院に着き、すぐに検査を受けさせられたという。

そして医師から、

「前立腺が肥大化しているので手術します。サインを書いてください」

と書類を手渡された。

「なんだかよくわからないけどサインしたよ。お金ないけど大丈夫?って聞いたら、大丈夫って言うからさ」

そして翌日には手術台の上。

全身麻酔をして、下腹部をメスで切開し、肥大化した腺腫を削るという大掛かりな手術だった。

「数日は病室に泊めてくれたんだけど、もう大丈夫だって言われて、自動車に乗せられてまたここに連れて帰ってこられたんだよ。まだ腹は痛えし、尿パックはつながってるし、最悪の気分だよ」

俺が驚いていると、近くにいた女性のホームレスが話しかけてきた。

「そうやって声かけてくる奴らは少なくないのよ。話に乗ると病院に連れて行かれて手術されちゃうの」

後日、こんなニュースを目にした。

2009年に発覚した『山本病院事件』。

山本病院では、入院患者に必要のない心臓カテーテル手術を行い、診療報酬をだまし取っていた。その数、二年で４７１件。

患者に対し、

「手術やらんと死ぬで‼」

と、とても荒い口調で手術をすすめたという。そして手術は失敗して、患者は亡くなった。その入院患者の約六割が、西成の生活保護受給者向けのマンションに直接出向き、入院の勧誘をした生活保護受給者だったという。

この様な手口で稼ぐ病院は今もたくさんある。

仄聞の章

※仄聞（そくぶん）…ほのかに聞くこと。ちらっと聞くこと。うわさに聞くこと。

咳

●松原タニシ

ある年の大晦日、俺は事故物件住みます芸人の松原タニシさんがホストをつとめるネット番組『おちゅーんLIVE！』に出演させていただいた。

番組は大晦日に始まって、正月に終わる非常に長い生放送番組だった。番組が終わったころにはすっかりクタクタになっていた。

番組の収録は大阪で、一月一日の深夜にタニシさんと一緒に関東に移動する予定だった。

迎えの車が来るまで、タニシさんが関西で借りている家で睡眠をとらせてもらうことになった。

松原タニシさんの家と言えば、もちろん事故物件だ。

つまり『人が事故で死んだ家』だ。

そのアパートはタニシさんにとっては5軒目の事故物件だった。外観は少し古いファミリー向けのマンションで、特に忌まわしさは感じず、部屋までの廊下で正月を楽しげに迎え

る家族とすれ違ったりもした。タニシさんが、

「この部屋です」

とドアを開ける。

急に雰囲気が変わった。

埃っぽい、すえた臭いが漂ってくる。

2LDKのかなり広い部屋だった。

もともとは七万五千円の賃料だったが、三万円まで値下がりしたという。

都市部で三万円はすごく安いが、うらやましいとは思わなかった。

室内がリフォームされていなかったからだ。つまり、前の住人が死んだときのまま閉ざされて、そのまま放置されているのだ。

「物件のオーナーが三年間、封印していたそうです。募集すると告知事項を言わなければならず、だったら『開かずの間』として封印しておこうと判断したみたいです」

亡くなった住人はかなり長くマンションに住んでいたようだった。壁には貼られていた書類の跡がクッキリと残っていた。

窓には障子がかけて塞がれていた。

洗面所の鏡は半分が真っ黒に朽ちていた。

畳もずいぶん古くタンスなどが置かれていた場所は少し陥没し、裸足で歩くと少しニチッと粘ついた。

「前の住人は部屋に置いてあった仏壇に縄をかけて首を吊ったらしいです。仏壇にどうやって首を吊ったのか分からないですけど」

畳に残っていた跡が、急に生々しい自殺の跡に思えてきて、落ち着かない気持ちになった。

タニシさんはこの部屋で生活しているというのに、部屋には何の物も置かれていなかった。生活感がまるでない。

「実はリフォームしてくれるって話になったんですよ。でもリフォームしてしまったら、せっかくの事故物件が台なしじゃないですか。それなのでトランクルームみたいな小部屋だけリフォームしてもらうことにしました」

そう言ってドアを開けると、一畳くらいの物置のような部屋があった。

確かにリフォームされているようで床も壁も綺麗だった。

部屋の端にはタニシさんの服が積まれていて、寝袋が投げ出されていた。生活感はあったが、より荒んだ気持ちになってしまう。


とにかく2人とも疲れていたので、横になると泥のように眠り込んだ。

一度も目が覚めることなく10時間以上寝て、22時過ぎに目が覚めた。

10時間の睡眠をとったら普通、体力が回復しているものだが、その日は違った。

眠る前よりも身体に疲労を感じた。

気分が悪く、立つことすらしんどい。

無理やり立ったら、嘔吐しそうだ。

横を見ると、タニシさんもかなり苦しそうな表情で寝ている。

もう数時間後に自動車の迎えが来る予定だったので、なんとかそれまでに回復しようと、ジッと身体を横たえることにした。


するとタニシさんがスッと起き上がり、浴室に入っていった。

しばらくするとシャワーの音が聞こえてくる。

しかし中でタニシさんが動いている様子はない。水音だけが聞こえ続ける。

「げほっ、ごぼっ、げぼっ、げぼおっ」


突然、猛烈にむせる音が浴室から響く。

部屋には貧弱な暖房設備しかないから、風邪を引いてしまったのだろうか。

それからタニシさんはなかなかバスルームから出てこなかった。時折、苦しそうにひどく咳き込む。

30分ほど経ち、さすがに心配になって様子を見に行こうかと思ったところで、バスルームのドアが開いた。

「大丈夫ですか?」

俺が聞くと、タニシさんはキョトンとした顔をして、

「大丈夫?って何がですか?」

と答える。

「30分くらいずっとバスルームに入ってて、ゲボゲボって咳き込んでいるから心配しました

よ。風邪引きました？」

と聞くと、首をかしげた。

「いや、咳き込んでないですよ。バスルームも5分くらいしか入ってないですし……」

お互い不審そうな顔で見つめ合った。


今さっき現に咳き込む音を聞いていたし、30分ほど時間は経っているし、間違えようがない。しかしなぜか、タニシさんは、

「浴室で咳き込んでいたこと」

を忘れているのだ。

俺が必死で説明すると、やっと事態が伝わった。

そしてタニシさんは嬉しそうな顔をした。


タニシさんは事故物件に住んで自身に〝嫌な事〟が起きると嬉しいのだ。それが事故物件住みます芸人の習性なのだろう。

暗い部屋でタニシさんの笑顔を見て、とても不安な気持ちになった。

テロの標的 ◉丸山ゴンザレス

犯罪ジャーナリストとして世界各国の危険な場所の取材を重ねる、丸山ゴンザレスさん。そんな彼には危険なエピソードがたくさんある。その中でも、特別に怖かったという話を伺った。


海外では日本人が差別の対象になることがままある。

アメリカのブルックリンのパン屋でパンを買おうとしたら、

「お前の発音は聞き取れない」

と馬鹿にされて売ってもらえなかった。

俺の後ろに列ができて、不満の声が漏れても、その店員は、

「は？　お前の発音は聞き取れない」

と言い続けて売ろうとしなかった。

結局、他の店員がとりなしてくれてことなきを得たが、実は俺にパンを売ろうとしなかっ

た店員自身が東洋系の人間だった。

そこに人種差別の闇の深さを感じた。

パンを売ってもらえないくらいならまだいいが、人種差別は命に関わることもある。


俺は2016年、TV番組で取材をするためにバングラデシュへ旅立った。

目的は〝船の墓場〟と呼ばれる、船の解体現場だ。船の墓場では、大型船をわざと砂浜に座傷させ、その船に労働者が蟻のように取りついて人力で解体していく。

その様子をテレビカメラで収録したかった。

あらかじめ日本で取材許可を取っていたのだが、現地に着くと、

「やはりメディアの取材は入れられない」

と断られた。

劣悪な労働環境が世界中で叩かれたため、日和ってしまったらしい。

わざわざバングラデシュに行ってネタもなく帰国するわけにはいかないので、現地で関係機関を回ってなんとか取材許可を取り直した。

取材日程は五日間もズレまくり、結局取材できるのは滞在期間の最終日となってしまった。

本来だったら、最終日前日にバングラデシュの首都ダッカで打ち上げをして、その翌日に日本に帰る予定だった。

最終日前日、俺は明日の取材が上手くいくかどうかが気になってホテルで頭を抱えていた。するると、部屋に通訳のバングラデシュ人が入ってきた。

「まずいことになったのでテレビをつけてください」

言われるがままにホテルのテレビをつけると、首都ダッカで起きた外国人を狙うテロの様子が報道されていた。

通訳は、青ざめた顔で言った。

「テロが起きたレストランは、今日私たちが打ち上げする予定だった場所です」

バングラデシュはイスラム教圏だから、基本的にはお酒を飲むことができない。外国人を受け入れ、お酒を提供してくれる店は、かなり限られる。多くの日本人が打ち上げではそのレストランを利用していた。

犯人たちは、

「アッラーは偉大なり」

とレストランを襲撃し、28人を殺害した。そのうち7人は日本人だった。

もし取材が上手く行っていて、予定通りその店で打ち上げをしていたら、俺も殺されていた可能性が高かった。

さすがにゾッとした。

しかし逆にジャーナリストとして取材をしたいという気持ちも高まってきた。

だが日本のテレビ局からは、

「ディレクターも同行しているし、許可できない。すぐに帰国するように」

と指示されてしまった。

仕方なく帰ることにしたが、しかしそう簡単に帰国できるわけでもなかった。

俺の泊まっていたホテルは、船の墓場のあるチッタゴンの中では高級ホテルだった。

ノートパソコンやカメラなど高級な機材をたくさん持ち込んだため、荷物が盗まれる可能性が低い高級ホテルに泊まっていた。

高級ホテルには、金持ちの外国人しか泊まらない。つまり外国人、異教徒をテロするにはうってつけの場所だ。

一応ガードマンはいたが、貧弱な武装だ。テロリストが来たら、簡単に破られるだろう。

俺はまんじりともしないまま朝を迎えた。


「次、いつ飯を食えるかわからないからしっかり飯を食っておくか」

と思い食堂に行くと、昨日までは外国人客でごったがえしていたのに、誰もおらずガランとしていた。

ホテルマンに話を聞くと、慌ててチェックアウトして帰国した人も多かったし、残っている客は部屋に閉じこもっているという。

飯をしっかり食ったあとに、いよいよ移動することになった。

実はチッタゴンから国際空港のあるダッカまで行く途中の街が、過激派の拠点だった。

「そこでは気をつけて頭を伏せていてください」

と通訳に言われる。あまりに原始的な対処法だ。誰が自分を狙ってくるか分からないという、緊張が走る。

結局、長時間、都市と都市を移動するのは危険だということになり、まだ生きている地方空港へ移動して、そこからダッカまで飛ぶことにした。

街を出るまではコネを使って警察官を雇った。警察官がガードしてくれてすんなり街を出る予定だったのだが、急に警察官たちは、

「腹が減った。ごちそうしてくれ」

と言い出した。

「なんでこんなタイミングで飯をたかってくるんだよ……」

と腹が立ったが、仕方なく街の食堂で彼らにご馳走した。

残念ながら俺はホテルでさんざん飯を食っていたので、全然食べられなかった。


地方空港に到着して、チケットを取っていると、裕福そうな現地の人間が俺たちをからかってきた。

「なんでお前の日はそんなにつりあがってるんだ?」

などと、東洋人に対する人種差別的なことを言ってきた。

日本人が大量に殺された日なのにそんなことを言ってくる人間の気持ちが分からず、思わず言い合いになった。

張り詰めた空気のまま、飛行機に乗りダッカの国際空港に到着した。

そもそも外国人狙いのテロなのだから、国際空港がテロの対象になる可能性は十分ある。まったく気が抜けなかった。

日本行きの飛行機のチケットが取れるかも分からない。必死に交渉していると、急にタイ経由の日本行きの便にたくさんの空席ができた。

俺たちは渡りに船とばかりにチケットを押さえ、無事日本に帰ってくることができた。

日本についてからふとある可能性に気がついた。

あのタイミングでなぜ大量の空席ができたのか？

あの席は、テロで殺された日本人が予約していた席だったのではないか？　日本行きの便は少ないから、可能性は高い。俺は、怖いような、悲しいような、複雑な気持ちになった。

事件からはもう何年も経つが、今でも、

「あの日、あのとき、あのレストランで打ち上げをしている俺たち」の夢を見る。

悪口ハウス

◉大島てる

事故物件を表示するウェブサイト『大島てる』の代表者、大島てるさんに怖い話がないか伺ったところ、こんな話をしてくれた。


車で都内を走っていると、見るからにヤバい家が建っているのを見つけました。

二階建ての建物なのですが、一階は全面ガラス張りで様々な文字が書かれていました。

運転しながらなので、大きな文字しか読めないのですが、

『違法建築』

『人の土地に勝手に自動車を通すな‼』

などと悪口が書かれていました。

通り過ぎるときにチラッと読むだけだったのですが、ある日どうにも気になってしまい、その建物の近くに自動車を停めて、じっくりと文字を読んでみました。

壁にはビラが貼られていたし、ガラス張りの室内には立て看板がいくつも設置されてそこ

にも文字が書かれていました。

　内容はやはり、

『もし自分が殺されたなら、それは○○不動産の仕業だろう』

『マンション建設反対』

　など文句、悪口ばかりでした。

　どうやらこの建物の横に建ったマンションに、強い怒りを感じているようです。

　読んでいると背後から、

「何をしてるんだ？」

　と声をかけられました。

　振り返ると老人男性が立っていました。

　男性はこの建物の住人で、罵詈雑言を書いたのは彼でした。

「何が書かれているのか関心があって読んでいました」

　怒られるだろうと覚悟していたのですが、私をマンション建設に反対する協力者だと勘違いしたようで、身の上話を始めました。

その男性は、この場所でコンビニエンスストアを経営していたそうです。

一階がガラス張りだったのは、その時代の名残だということみたいです。

そのお店はとっくに潰れてしまったのですが、二階は自宅になっていてずっと住んでいるとのことでした。

「隣にマンションが建設されて、マンションの駐車場に出入りする自動車が勝手に自分の敷地を通るんだ‼」

と男性は怒りをあらわにしました。

自動車が通る小道は、確かに男性の土地だったのですが、そこを自動車が通ることには法的にはなんら問題はなく、ただ難癖をつけているにすぎない内容でした。

私はしばらく疑問に思っていた『悪口ハウス』の謎がとけ、スッキリした気持ちでその場を離れました。


それからずいぶん年月が経過しました。

私は普段の事故物件収集活動の一環で、裁判所へ足を運びました。

ある殺人事件の事件詳細が分からなかったため、その殺人の裁判を傍聴することにしたたんです。

裁判を傍聴すれば検察官が、

「いつ、どこで、誰が、何をしたのか」

を全部読み上げます。

もちろんその内容は必ずしも真実とは限らないのですが、それでも事故物件の正確な情報を得られるケースが多いのです。

そしていよいよ法廷に、殺人犯が縄で繋がれた状態で連れられてきました。

殺人事件の犯人は『悪口ハウス』の男性でした。

男性は、あの家に夫婦で住んでいました。そして男性は、老夫人を階段の上から突き落として殺害したそうです。

隣のマンションに対する不満や怒りが、妻に向かって吹き出してしまったのかもしれません。

私にとって、実際に話したことがある人間が人を殺したというのは初めての体験でした。

レモン――――◉インディ（ゴールデン街ホラーズ）

新宿歌舞伎町ゴールデン街で働きつつ、怪談師・夜馬裕さんと共に怪談ユニット「ゴールデン街ホラーズ」として活動するインディさんにご自身の体験談を語っていただいた。

私はゴールデン街でバーテンをしている。

ある年の正月、店が大変賑わっているときに、常連の男性客と新規の女性客が同時に入店した。

女性客は20代前半～中盤くらいでちょっと綺麗な顔立ちの人だった。髪の毛は茶髪のロングで、ファッションもちょっとギャルっぽかった。

私はてっきり男性客が知り合いの女性を連れてきたと思ったので、お酒を渡したあとは邪魔をしないように他の客と話をしていた。

しばらくしたあと、男性客が不審な表情で私に話しかけてきた。

「この酒にレモン絞った？」

「えっ？」

私は最初、彼が何を言っているのか分からなくて聞き返した。すると彼は、

「レモン入れた!?」


彼が注文したお酒はジンのロックだった。

もちろんレモンは入れていない。

そう伝えると彼は怪訝そうな顔で、ジッとグラスを見つめた。そして、

「じゃあ、お会計……」

と立ち上がった。

それと同時に、隣に座っていた女性客も立ち上がって支払いを済ませ、外に出た。

ちょっと不自然ではあったものの、おそらく店内が混雑していてうるさかったので、女性とゆっくり話すことができる他店へ移動したんだろうなと思った。

そのタイミングでカウンターに座っている別の客に話しかけられたので、彼らのグラスはそのままにしてしばらく話し込んだ。

10分ほど経ったころ、先程の男性客が血相を変えて店に飛び込んできた。

さっき座っていた席に座ると、

「さっきの女ヤバイよ‼　おかしいよ‼」

と大きな声で叫んだ。

「どうしたの？」

と聞くと

「さっきの女が、やたらと距離を詰めてきて嫌だったから、他の店に逃げたんだよ‼」

そのとき初めて、常連の男性客にとってその女は初対面だと気づいた。

「それで、他のバーに移ったんだけど、横に座られるのが嫌だから両隣が埋まってる席に座ったんだよ」

女性客は男性客の隣に座ることを諦め、代わりに対面側の席に座った。

そして、女性の隣にたまたま座っていた中年男性客に話しかけたという。

「それで見ていたら『お酒を一口飲ませて欲しい』ってオッサンに言ったんだ。オッサンがグラスを渡すと、女は一口飲んで……そして口から黄色いゲル状の液体をグラスの中に吐き出したんだ。見ていて気持ちが悪くなって、店を出てきたんだ。実は、俺もさっき同じことされたんだよ」

そう言うとカウンターに置きっぱなしになっていた自分のグラスをこちらに突き出した。

ロックグラスに光を通してみると、たしかに透明なはずのジンが黄色く濁っていた。

「俺は気づかなくって、さっき一口飲んじゃったんだよ……。消毒したいから、なんでもいいから強い酒ちょうだい。まったく、なんで正月からこんな目に遭わなきゃいけないんだよ」

店内は薄暗いため、色合いだけで見破るのはかなり難しい。一口飲んで、異様な酸味を感じて不審に思い、

「この酒にレモン絞った？」

と私に聞いてきたのだ。

それから、その女性は一度も来店していない。

彼女がなんのために、男性客のグラスに黄色いゲル状の液体を吐き出していたかは分から

ないままだ。
何がしたいか分からないからこそ、なおさら薄気味が悪い。
彼女は今日もどこかの店で、他の客のグラスにそれを吐き出しているのかもしれない。

ドドメキ――――――――◉インディ(ゴールデン街ホラーズ)

こちらも、「ゴールデン街ホラーズ」として活動するインディさんに伺った話だ。

私の店に、月に一回ほどやってくる常連客がいた。

年のころは30代後半で、今流行りのギャングスタラッパー風のガラの悪い格好をしていた。話し方も不良的で、酒を飲みながらほぼ一方的に金稼ぎの話をするような男だった。

そんな彼だが、ある日ピタッと店にこなくなった。「どうしたんだろう?」と少しだけ気にしていたのだが、こなくなってから一年ほど経ったころにふらりと顔を出した。

久しぶりだからか、最初こそ少しおどおどと他人行儀な話し方をしていたものの、酒が入るにつれて以前と同じように一方的に、大きい独り言のような喋りを始めた。

「ずいぶん久しぶりだけど、何かあったの?」

と尋ねてみた。

「いやあ色々あったんですけど、最近やっとカタがついたんで。お店に寄れました。ドドメキって覚えてます?」

ドドメキ……。

個人の名前だろうか?

店の名前だろうか?

とにかく聞き覚えはなかった。

「あれ? 話してなかったでしたっけ? 俺ずっとドドメキを探してて。やっとドドメキを見つけられて。それでだいぶ調子がよくなりましたよ」


何を言ってるのか分からなかったが、とにかく彼は一方的に話して帰っていった。

そして数ヶ月経って、彼はまた来店した。

また前回と同じように一方的に話し始めた。

「トノゴーチを見つけたんで、だいぶ楽になりましたよ」

相変わらず、よくわからない単語だ。詳細を聞いても、言葉を濁すので判然としない。

トノゴーチは名前にしては変な響きがあるが、内容を聞いているとどうやら人物の話をしているように思えた。

商売敵なのか恋敵なのか分からないが、とにかく、

「敵対するトノゴーチを懲らしめてやった」

そんな風に聞こえる。


そして彼に会った最後の日、彼はこう言い出した。

「やっと○○の居場所が分かったんですよ。岩手県でした。俺はずっと秋田県を探してたんで、見つけられなかったんですよ」

今回は、ハッキリと○○は苗字だと語った。

彼は秋田県をくまなく回って、○○という苗字の人物を探し続けていたという。

結局、見つけられなくて困り果てた彼は、わざわざ国立国会図書館に出向いた。

そして○○という名字が多い県を探した。

それが岩手県だった。

私は、

「そもそもなんで○○氏を探してるの？　何か嫌がらせでもされたの？」

と聞いてみた。

彼は熱のこもった口調で、

「○○は思考盗聴器を使って、俺に嫌がらせをしてくるんすよ。だから○○を見つけて、制裁しないといけない……」

思考盗聴器とは、他人の考えを読み取ることができる道具のことだ。おそらく世界のどこにも開発されていない架空の道具なのだが、集団ストーカーや陰謀論の話ではまことしやかに登場することが多い。


ドドメキや、トノゴーチもやはり、思考盗聴器を使って嫌がらせをしてきた一味なのだろうか？

そこはハッキリは語られない。

「俺に思考盗聴器を使って嫌がらせしてくる奴らを、少しずつですが制裁して減らしていってるから、前に比べたらだいぶ調子が戻ってきました。○○を探し出して制裁したら、もっと調子は戻ると思います」

例え○○という苗字の人間を岩手県で探しだしたとしても、○○という苗字の人間は一人ではないだろう。

その○○が彼に思考盗聴器を使っている人間かどうかはどうやって確かめるのだろうか？

そう聞くと彼は、

「大丈夫です‼　瞳を見れば分かるんですよ」

と言って、私の目をジッと覗き込んできた。

彼と会話をしていると、現実と妄想の境界線上を綱渡りしている感じで心がヒリヒリする。

実際に彼はドドメキやトノゴーチに暴力をふるったのか、○○某を見つけたらどのような制裁をしようとしているのか、それは分からない。

その後、彼は一度も店を訪れていない。

ひょっとしたら、今も思考盗聴器を使って彼を苦しめる人間たちに制裁をくわえるため、日本全国を探し回っているのかもしれない。

火葬場の女

◉下駄華緒

元火葬場職員としての経験を生かした、独特の話を披露する怪談師・下駄華緒さんにお話を伺った。

僕が火葬場で働いていたときに、毎日のように火葬場を訪れる50～60歳くらいの女性がいました。痩せすぎで小さくて髪の毛は腰のあたりまで伸ばしっぱなし、ぱっと見は老婆に見えるような雰囲気でした。

火葬場は当然、喪服やそれに近い服装で来る人が多いのですが、その女性はTシャツにジーンズなど普段着で来ていました。

職員の隙を見て、フラッと忍び込んでしまいます。

火葬後に遺骨を骨壺に納める儀式である、お骨上げの途中にその女性が入ってきてしまったこともありました。

火葬場の隣には葬儀場が併設してあったのですが、女性はそちらの施設にも侵入してしまいます。

女性は、お葬式の最中ずっと遺体を見ながらニヤニヤしていたそうです。

女性の行動はどんどんエスカレートしていきます。ある日は火葬場のホールに女性用の下着をばら撒いて去っていきました。

あまりに謎な行為で、不気味さを感じます。

ホール内で女性を見かけると慌てて、

「お帰り下さい」

と言うのですが、どうにも意味が伝わっていないようでした。

かと言って、職員が力ずくで火葬場から引っ張り出すわけにもいきません。

とにかく侵入しようとしているところを見つけ、声をかけて中に入らないようにするしかありませんでした。

ただ、皆それぞれ通常業務があるので常に監視ができるわけでもなく、侵入を許してしまうこともたびたびありました。

ある日、仕事をしていると葬儀場の方が騒がしいので見てみると、その女性がカンカンになった遺族につまみ出されていました。

やはりまた、葬儀の場に忍び込み、やらかしていました。

遺族が通報しており、しばらくして警察がやってきました。


警察官の事情聴取には、女性に対して比較的穏健派の男性職員が対応しました。

その職員は、ホールに女性用の下着がばら撒かれていたという事件から推測して、

「たぶん、あの女性は過去に娘さんを亡くしているんじゃないかな？　それでここで火葬して……。その思いが残っていて、奇行に走ってしまっているのではないだろうか」

と考えていました。

その職員は警察官にその説を話したのですが、警察官からは、

「いいえ、女性には夫もお子さんもいらっしゃいませんが……」

とにべもなく言われてしまったそうです。

それからその職員は女性に対して、

「絶対に侵入を許すまじ‼」

という強硬派になっていました。

ただ結局、

「その女性はなんのために火葬場に来るのか?」

という謎は最後まで解けないままでした。

その事件のあとしばらく、女性が火葬場にこない平和な期間がありました。

ほっとしていたのですが、ある日何気なく火葬場の外を見ていると、100メートルほど離れた火葬場の入り口から喪服姿の女性が一人歩いて来るのが見えました。

遺族がお見えになる時間帯ではなかったので、不思議に思い目を凝らして見ると、その女性でした。

「うわ‼ 来た‼」

侵入を食い止めるために走り出すと、そのタイミングで駐車場に大型のバスが停まりました。

火葬場からは、葬儀会社の職員が先導する形で遺族の方々が次々に歩いて出てきます。

25名ほどが列になって、その大型バスに乗り込んでいくところです。

その列に向かってどんどん女性は歩いていきました。

「このままだと、列にぶつかるぞ……!!」

危惧していると案の定、遺族の列にぶつかったと思ったその瞬間、女性はそのまま列に吸収されて、見ず知らずの遺族と共にバスに乗り込んで、そのまま走り去っていきました。

心配になって葬儀会社に連絡はしたのですが、結局そのあとどうなったのかは分かりませんでした。

もしかすると、見ず知らずの遺族に混じって、亡くなった人を偲ぶ席につき、ご飯でも食べていたのかもしれません。

遍路小屋

◉下駄華緒

こちらも下駄華緒さんに伺った話。


今年の五月に四国八十八ヶ所、歩きお遍路をした。

お遍路を始めて一週間が過ぎたころ、なかなか泊まる場所が見つけられない日があった。

一口に遍路が泊まる場所と言っても、様々な種類がある。

ホテル、民宿などしっかりした施設もあるし、遍路専用の遍路宿、お寺にある宿坊、さらには無料で泊まれる、通夜堂、善根宿などがある。中でも最も簡素な施設は遍路小屋と呼ばれている。遍路小屋は田舎にあるバス停や、公園にある東屋のような見た目の施設だ。

屋根や壁がないところも多く、泊まるための施設というよりは休憩所だ。

現に、トラブルを避けるために野宿を断っている遍路小屋も多い。

日没までにどこか泊まれる場所を見つけないと……と慌てていると、暗くなる寸前に一軒の遍路小屋を見つけた。

高床式の遍路小屋で、室内へは階段を登って入る。宿泊禁止ではなかったので、ホッとして部屋に入るが、すでに先客がいるようだった。部屋の真ん中に仕切りを作るように、洗濯物が干してあった。だが本人は部屋の中にはいなかった。

荷物を置いて小屋から外を眺めると、隣にある墓場の真ん中を突っ切って歩いてくる中年男性の姿が見えた。

全身真っ黒に日に焼けている。健康的というよりは、荒々しいといった雰囲気だ。

中年男性が室内に入ってきたので、

「すいません、空いているスペースを使わせてもらっていいですか？」

と丁寧に聞いた。

「もちろんいいですよ。誰が使ってもいい、みんなのための施設ですから」

男性は外見の粗野な印象からは想像できないほど、とても丁寧な言葉遣いで了承してくれた。勝手に悪い印象を持ったことに対し、少し罪悪感を感じた。

挨拶を済ませたことで緊張感がとけ、ホッとした気持ちで就寝の準備を始める。いつものようにカバンから寝袋を出して広げようとした。

そのとき背中から、声が聞こえた。

「死ね」


一瞬で身体が凍りついた。

思考がかき乱された。

僕は就寝の準備を中断し、あらためて男性の方を向いた。

「お邪魔させていただいて、本当にありがとうございます」

もう一度丁寧にお礼を言った。

すると男性は、やはりものすごく低姿勢で、

「いえいえ、気にしないでください」

と笑顔だった。


空耳だったのかもしれない……と無理やり自分を納得させ、就寝の準備を終わらせた。

そして寝ようと思った瞬間、

「あああぁぁぁぁ、クソが!!」


今回は間違いなく男性が言葉を吐いた。

身の危険を感じ、小屋から出て行こうかとも考えた。だが、すでに外は真っ暗闇だ。ここにいるのも怖いが、暗がりの中を歩くのも危険だ。

どうしようか思い悩んでいると、誰かが階段を登ってくる足音が聞こえてきた。

20代らしき若い男性だった。

正直ホッとして、

「どうぞ、どうぞ」

と室内で休憩することをすすめた。

中年男性もやはり物腰やわらかく、若者が入室するのを認める。


男性が座って休憩をし始めてしばらくしたころ、

「あああー‼　狭い‼」

また中年男性が大声で叫んだ。

狭い遍路小屋の中の空気が凍りつく。

本来なら一人でいるはずの空間に、二人もよそ者が入ってきたことに怒っているのだろうか？　中年男性が叫んでしばらく経ったあと、若い男性は、

「……やっぱり、行きます」

そそくさと小屋を抜け出していった。

僕も部屋を出るべきか悩んだが、疲れた身体は睡眠を求めていた。

そのまま眠りに落ちたが、その日はとても寒かった。さらに風も強く、密閉されていない遍路小屋の中は風が吹き荒れた。

どうしても深くは眠れず、夜中に何度も目が覚める。何度目かに目を開けると、室内がほのかに明るい。

「もう日が昇ったのか？」

と思ったが、そうではなかった。

光源は部屋に置かれた、中年男性のランプだった。

「あの男性は、もう起きたのか？」

寝返りを打ち男性の方を見た。相変わらず風は強く、干された中年男性の洗濯物をバタバタとはためかせていた。

その向こうに男性はいた。

男性は起き上がっておらず、僕とまったく同じ姿勢で横たわっていた。

しかし目だけはしっかりと開けていて、こちらの様子をじっくりと観察しているのだ。

僕は男性ともろに目があって、慌てて起き上がり、

「あ、ありがとうございました‼」

礼を言って遍路小屋を飛び出した。

時刻は五時前で、外はまだ真っ暗だった。

失った信頼

◉草下シンヤ

ヤクザ、違法薬物など国内の裏社会を取材している作家であり、書籍の編集者である、草下シンヤ氏さんにお話を伺った。

彼が社会のアンダーグラウンドをテーマにするようになったのには、ある一つの事件がきっかけになっているという。


僕は静岡県の沼津出身で、小学校四年生までは普通の子供でした。

小学校四年生時の担任I先生は少し年配の先生で、僕の母も受け持ってもらっていたみたいです。

I先生は面白くて人気のある先生でした。

ただ、生徒同士を宿題やテストで競わせて、勝った方に景品をあげるようなやり方をする人だったので、僕は好きではありませんでした。とは言え、根は生真面目な人だと思っていました。

ある日の午後の授業中に、I先生は突然、

「急用ができました。今から自習にします」

と、フラッと教室を出ていきました。

生徒たちは少し変だなとは思いつつも、特に深くは考えず言われた通り自習をしていました。

結局その日、先生は帰ってこないまま、下校時間になりました。

後から分かったことですが、
先生は教室を出たあとに、
人を殺していました。

I先生は実は、学校の教え子の母親と不倫関係にありました。

別れ話がもつれたのか、I先生は不倫相手の女性に無理心中を迫ったそうです。

I先生はおそらく刃物で女性を殺害しました。そして自分も自殺をしようとしたのですが、ためらい傷を作りつつも死にきれなかったようです。

山の上にある小さな小学校だったのですが、全国からテレビ局や記者が押しかけました。

急遽全校集会が開かれ、校長先生が、

「テレビカメラが話を聞いてくると思うけど、何もしゃべらないように」

と口止めしました。


まず、親と同じくらい全幅の信頼を置いている先生が人を殺したというのが大ショックでしたし、しかもそれを校長先生が隠蔽しようとしているのにも傷つきました。

僕の同級生たちもそれぞれに傷ついて、誰も先生の話を聞かなくなり、学級崩壊しました。ピンチヒッターの教師もやってきたのですが、まともな授業にはなりませんでした。皆で先生を無視して、泣かせたこともありました。結局、その先生は学期途中で辞めてしまいました。

そのままグレていった同級生も多かったですし、自分たちのあとの世代からあからさまに学校の雰囲気が悪くなりました。

僕はもともと少し冷めた性格だったのが、殺人事件以来もっと冷めてしまいました。

親と先生って大人の見本じゃないですか。その先生が人を殺したと聞いて、

「大人って信用できないな」

って思いました。

それから、

『人間って何か?』

『犯罪って何か?』

と考えるようになりました。

その考えは、自分が長年に渡って取材しているテーマ〝裏社会〟につながっていると思います。

犬だから

◉田中俊行

怪談収集家・オカルトコレクターとして様々なメディアで活躍する、田中俊行さんにお話を伺った。

僕が神戸に住んでいた頃に10歳ほど年上の、Fさんという先輩がいた。

彼は神戸でカフェやクラブ、レストランを経営する実業家だった。僕のことをかわいがってくれて、よく食事に誘ってくれた。

いつもは友達数人と食事をするのだが、その日はFさんとFさんの奥さんの三人で食事をすることになった。

そのころ僕はすでに怪談を始めていて、それを知ったFさんは、

「ちょっと怪談話してみてよ」

と振ってくれた。

だけど僕は逆に、

「Ｆさんの怖い話を教えてくださいよ」

と尋ねてみた。

付き合いは長かったが、Ｆさんから怖い話を聞いたことがなかったからだ。

「俺は霊感はあるほうだけど、それで怖い思いをしたことはないなぁ」

と首をひねった。

「あ、でも心霊じゃないけど怖い話あるわ。俺がバイクのメカニックをしていたころ……」

と語り始めた。すると、奥さんの顔がものすごく怖い顔になった。

「あんたそれやめてよ。しゃべったらアカンって決めてるやないの」

Ｆさんは日頃から奥さんの尻に敷かれてるタイプの人であり、話はそこで立ち消えになってしまった。

僕は、続きが気になって仕方なかった。

しばらくすると、奥さんの携帯に電話がかかってきた。奥さんは会話をするために、店の外に出ていった。

僕は、ここぞとばかりに
「さっきの話、なんだったんですか?」

Fさんに尋ねた。

Fさんはかつて、モータースポーツのメカニックをしていたという。レース場でレースに出るマシンを整備する仕事だ。

Fさんとは違うチームにTさんという、優秀なメカニックがいた。

チームは違うものの、TさんはFさんと仲良くしてくれて、時間があるときには一緒にご飯を食べに行ったりしていた。


そんなある日、夜中にTさんから電話がかかってきた。

「自動車で犬を轢いてしまったから、後片づけを手伝ってくれないか?」

FさんはTさんに指定された、町外れにある小さな池に向かった。

Tさんは、黒いビニールを池に沈めようとしていた。

「なかなか沈まへんねん。浮かんでくんねん」

とTさんは困り顔でFさんに言う。

（なんで、池に沈めるんだろう？　保健所とか道路管理者に連絡すればいいのに……）

そう思いながらも口には出さず、黙って手伝う。

FさんとTさんは棒でビニール袋をつつくなどして、なんとか池の底に沈めた。

「助かったわ」

そういうとTさんは帰っていった。

それからしばらくしてTさんは、

「また、犬を轢いたから、後片づけを手伝ってくれないか？」

と頼んできた。

Fさんはおおらかな人だが、

「さすがに何度も犬を轢くのはおかしい」

と思った。

しかもその日は、ボートにビニール袋を載せて、池の中央あたりで捨てると言った。

Fさんがボートを漕いで池の真ん中に行くと、そこにはすでにいくつかの黒いビニール袋が浮いていた。

Ｆさんは Ｔさんに指示されたとおり、ボートのオールでビニール袋をつついて沈めようとするが、ビニール袋の中に空気が入っているようでなかなか沈まなかった。

「お前‼　ちゃんとやれや‼」

いつも優しいＴさんの怒号に驚いた。

悪戦苦闘して、なんとか空気を抜くと、ビニール袋は池の底に沈んでいった。

Ｔさんはいつもの優しい表情に戻り
「ごめんごめん、飯でも行こか？」

と誘ってくれた。

だがＦさんは、ただただ早く家に帰りたかった。


それから数年が過ぎ……。

Ｔさんはメカニックをやめ、新潟へ引っ越して結婚していると聞いた。

ある日、Ｆさんがレース場に行くと、Ｔさんが所属していたチームに警察が来て捜査をしている。

Ｆさんは野次馬的に興味がわいて、話を聞きに行った。チームのメンバーはＦさんに詳細を教えてくれた。

「女子中学生が行方不明になった事件知ってるやろ？　死体の一部が見つかったんやって……」

その年は雨が少なく池が干上がってしまった。すると池の底から黒いビニール袋がいくつも見つかったという。

そしてそのビニール袋の中から、バラバラになった女子中学生の身体の一部が見つかった。

「俺らのチームメイトがTにその池でごみ袋を沈めるのを手伝わされたんやって。犬の死体を沈めるのを手伝ってくれって言われて。それで今、Tが疑われとる」

Fさんは驚いたが、死体が見つかった池はFさんがビニール袋を沈めた池ではなかった。

数日後、Tさんは逮捕された。

Tさんは強姦目的で女子中学生を自動車で轢いた。怪我が予想以上にもひどかったため、乱暴をすることはやめ、そのまま自動車をバックさせてさらに轢いて殺害。

そして遺体をバラバラにして、黒いビニール袋に入れて池に沈めた。

余罪がぞろぞろと出てきた。

引っ越したあとの新潟市内でも、

「女子高生をプラスチックハンマーで殴る」

「女子中学生の乗る自転車に自動車で追突する」

「寝ている女子高生の目に針を刺す」

など残酷な事件を繰り返し犯していた。

F先輩は、自分が池に沈めたのが、犬だったのか、女子中学生の死体一部だったのか、それともまったく知らない誰かの死体だったのか、分からなくてとても気になった。

そして、Tさんは獄中で自殺を図り死んでしまった。

真相は分からず終いだ。


僕がFさんにそこまで聞いたところで、奥さんが電話を終え席に戻ってきた。

奥さんはFさんと僕の表情を見て、Fさんが僕に話してしまったと気づいたみたいで。

「あんた‼　それしゃべったらアカンって言ってるやん‼」

そして奥さんは、Fさんではなく、僕の目をしっかり見すえて、

「沈めたゴミ袋は、人やなくて、犬やからな‼　沈めたゴミ袋は、人やなくて、犬やから

な‼」

と繰り返し怒鳴った。

僕にはそれがとても怖かった。

削除依頼

◉角由紀子（TOCANA編集長）

不思議科学、ＵＦＯ、オカルトなど様々な情報を配信するニュースサイト、ＴＯＣＡＮＡの編集長・角由紀子さんにお話を伺った。


私は不思議科学、ＵＦＯ、オカルトなどの情報を取り扱うメディアで編集長をしている。

入社して間もないころ、仕事をしていると、会社宛にクレームのメールが入っていた。

都内の某所にある占い店の記事についての苦情だったが、この記事を担当した編集者はすでに退社してしまっていた。

仕方なく私が対応をすることにした。

メールを開くと、占い師本人からのクレームだった。

「私の占いの店を取材して記事を書かれたようですが、そのせいで評判が落ちています。すぐに削除してください」

と書かれていた。

記事を確認してみると、

「期待したほど当たる占い師ではなかった」

などと、確かにまあ言われたくはないだろうなということが書かれていた。

とはいえ、店の名前は伏せられていたし、写真もボカシがかかっていたし、この記事を読んでどこの占い店かを特定するのは難しいように思えた。

それに、こちらもただ単に悪口を書いたわけではない。お金を払って占いをしてもらって、その結果、

「当たらなかった。大したことはない」

と書いたわけだから、文句を言われる筋合いはない。

その日はそのままメールを放置して退社した。

数日後、またその占い師からメールが入っていた。口調はさらに厳しくなっていた。

「早く記事を削除しなさい。○○地区で外国人の占い師は私しかいないから特定されてしまいます。あなたたちのしていることは営業妨害です。ただちに記事を削除してください」

私は「○○地区、外国人、占い」でググってみたが、たしかにこの占い店しかヒットしな

かった。

（これは確かに削除した方がいいかも……）

だが、そもそも自分とはまったく関係のない案件なのに、占い師に頭ごなしに怒られているのに腹が立ち、

「いや……。このメールは見なかったことにしよう」

と決め込んで、無視することにしてしまった。これがとてもまずかった。

それからは占い師から、

「早く記事を削除しなさい‼」

と定期的にメールが送られてくるようになった。

とっとと記事を削除すればいいのは分かっていたものの今更、

「メールに気がついたので、削除します」

というには時間が立ちすぎていた。

占い師も怒り心頭で、そんな相手とやり取りするのも億劫だった。

そうして無視をし続けているうち、私はなぜか、いろいろな場所でつまづくようになった。なんの段差もない会社の廊下で転び、家のリビングでコケる。お風呂場でドンッと尻もちをつくこともあった。

まさか脳卒中やパーキンソン病とか脳の病気で平衡感覚が取れなくなってしまったのか？それとも変形性関節症や腰椎椎間板ヘルニアで足が動かなくなってきているのだろうか？

とにかく、頭と足がうまく連動して動かなくなっているのは確かだった。

そしてある日、私は駅の階段を踏み外してしまい、かなりの高さから階下まで転げ落ちた。全身を強く打ち、痛みですぐには立ち上がれない。

そのとき、カバンに入っていた携帯電話が鳴った。痛みで四苦八苦しながら電話を取り出し、表示画面を見ると見知らぬ電話番号。普段なら無視するところだが、

「この着信は出なくてはいけない」

という気がして、受信ボタンを押した。

電話の相手は、件の占い師だった。

「あんた、今上手く歩けてないでしょ？　最近コケたりしてるんじゃない？　もし、そうなら今すぐに謝りにきなさい」

私は、瞬時に上手く歩けなくなっているのは、占い師が私にかけた呪いのせいだと理解した。そうとしか考えられなかった。

私は電話口で平身低頭謝って、すぐに直接謝罪に行くと伝えた。

そして、デパートで菓子折りを買うと、その足で○○地区にある彼女の占い店へ足を運んだ。

占い師は私の顔を見ると、静かに、でも重みのある声で言った。

「私の知り合いの占い師を集めて、あんたに呪いをかけたんだよ。コケただけで済んでよかったと思いなさい。殺すことだってできたんだ」

私は編集部に帰るとすぐに、当該記事を取り下げた。

しかしこれはクレームに負けたからではない。私自身が身を持って、

「この占い師は本物だ」

と証明したからだ。

ペット──────────────◉Apsu Shusei(アプスー・シュウセイ)

文様作家のアプスーさんは、16歳の若さで四国八十八箇所を巡礼する、お遍路の旅に出たという。

「高校時代、学校と折り合いが悪かったんですね。居場所を見つけられませんでした。今から思えば、自分が周りと仲よくする努力をしなかっただけなのかもしれません。結局学校はやめて四国八十八箇所巡礼の旅に出ることにしました。僕は四国八十八箇所に加え、四国三十六不動尊霊場も巡りました。合わせて二ヶ月の旅です」

歩いて巡礼する旅は「歩き遍路」と呼ばれる。実は割合はかなり少ない。一般的には、バス、自動車、バイク、タクシーなどを利用して回る人が多い。中にはヘリコプターで回る人もいる。

少ない歩き遍路の中でも、野宿をして回る人はより珍しい。

アプスーさんはもちろん歩き遍路で、基本的に毎日野宿をする旅をすることにした。

「お遍路の途中、思いやりのある声をかけていただいたり、ほかほかのおにぎりを渡してもらったり、人の優しさを感じることがたくさんありました」

ただそれとは逆に旅の途中、不思議な体験、怖い体験も少なからず経験したという。

ある日、こんなこともあった。

巡礼の旅を続けていると、お遍路同士がしばらく一緒に回ることもある。

アプスーさんは旅の途中で20代の男性と出会い、数日間一緒に歩いた。

お遍路さんの平均年齢は高い。

お互い、若い人間に会うのが久しぶりだったこともあり、ことさら気があった。

「彼は水彩画を描く人でした。動物たちに囲まれているお遍路を描き、その横に詩を添えていました。詩は、世界への感謝に満ちた、非常にポジティブなものでした」

野宿をしているときに、男性にあらためて身の上話を聞いた。

男性は、家族仲が非常に悪く、家庭内に居場所がなかったという。

そんな彼の唯一の味方は、彼が飼っている動物たちだけだった。

犬、猫、蛇、ハムスター、トカゲ……様々な動物を飼っていたという。

ある日、男性は実家にいることが耐えられなくなり、お遍路の旅に出た。

彼はそれ以来、ずっと巡礼の旅を続けている。一周では終わらずに、何周も回っていると語った。

「話を聞いていて少し疑問に思いました。家族仲が悪かったのに、動物たちは家族の元に残してきたんだろうか?って。彼が家族を嫌っていたように、家族だって彼を嫌っていた可能性は高いわけですよね。ちゃんと面倒見てくれるとは限らないから、不安ですよね……」

アプスーさんが率直に尋ねると男性は、

「巡礼の旅に出かける前に、みんな食べたよ」

と答えた。

アプスーさんは予想外の言葉に戸惑ったが、彼からは悪意や後悔は感じなかった。

「そんなの当たり前じゃん。食べたに決まってるじゃないか」

とこともなげに言う。

彼は、どのようにかわいがっていた動物たち、犬、猫、蛇、ハムスター、トカゲ……を殺して、食べたかを丁寧に教えてくれた。

「僕が彼らを食べたから、彼らは今も僕の中で生きているんですよ。今も一緒に旅しているんです」

そう言って、満面の笑みを見せた。


彼が描く『動物たちに囲まれているお遍路姿の自分の水彩画』はまさに、彼のリアルな心象風景そのものだったのだ。

「今振り返ると、ちょっと恐怖を感じるんですが、そのときはあまり怖くなかったんですよね。そういう愛の形もあるのかな？　と思いました」


その人は、ひょっとしたら今もたくさんの動物たちと、お遍路の旅を続けているかもしれない。

日焼けマシン

◉粉すけ

溶接ギャルを名乗り、福井県で板金業を手掛ける『勝倉ボデー』の女社長・粉すけさんに伺ったお話。


ある日突然、警察から電話がかかってきた。

「窃盗の罪で逮捕されている男が『あなたに指示をされて窃盗を働いた』と話しています。一体どうなっているでしょうか?」

私にとっては寝耳に水の話で、

「どうなっているのかは、私が聞きたいです」

と答えた。

警察から電話がかかってくる数ヶ月前、私は日焼けサロンでアルバイトをしていた。

しかしオーナーと反りが合わず、すぐに辞めた。

ただ、そのお店は県内で唯一の日焼けサロンだったため、定期的に身体を焼くためには辞めたあとも通わざるをえなかった。

正直、オーナーはムカつく人間だったし、足元を見るような高額の値段設定だったし、納得は全然いっていなかった。

店に通ってるうちに、私が辞めたあとにアルバイトで入ったNという30代の男性と顔見知りになった。

彼は、今では珍しいギャル男っぽい見た目の男で、自身も日焼けマシンのユーザーだった。私が、

「実はこないだまでここでバイトしていた」

と告げると、オーナーに対する悪口で盛り上がった。彼は、

「日焼けマシンを買って、自分の店をやりたいと思ってる」

と言う。

彼は実際にどこかで中古の日焼けマシンを見つけてきて購入した。そして彼の自宅兼事務所に設置した。

「お店をするには、ウォーターサーバーやパーテーションなどを買わなければいけない」

と言うので知り合いのリサイクルショップを紹介してあげたり、買った機材を私の軽トラックに載せて運んであげたりした。

「これからも手伝ってくれるなら、タダで日焼けマシンを使っていいよ」

と言われたので、私はかなりの頻度で通って身体を焼いた。

Nは日によってかなりテンションが高いときがあった。

最初は隠していたが、ある日、

「実は覚醒剤やってるんだ」

と話してきた。

自宅に一緒にいた男性を指差して、

「彼から覚醒剤を売ってもらってるんだ」

とも語った。

「もし覚醒剤が欲しいなら、彼から売ってもらえるよ?」

私は全然興味がないので断った。

そんなある日、Nが働いている日焼けサロンと、系列の他県の店舗に窃盗が入った。他県の店舗は未遂に終わったが、Nがバイトしていた店舗では実際にお金が盗まれた。

「店に窃盗が入ったりしたら、自分のせいにされかねない。一体誰がやったんだろう?」

そう言うNに、私も濡れ衣を着せられそうだと感じ、同調した。

「本当に窃盗とか勘弁して欲しいよね」


そしてその数日後、警察から電話がかかってきたのだ。

「Nさんっていう人、知ってますか?」

「ええと、一応友達です」

「彼が窃盗で捕まって留置所にいるんですけど、彼はあなたに指示されて窃盗をしたと言っています。どうなっているでしょう?」

聞けば、彼の事務所にいた売人も一緒に捕まっているようだった。

「あなたは以前アルバイトしていたということで、鍵の隠し場所などについても知っていますよね? 可能性がないわけではないので、署のほうで話を聞かせてもらえますか?」

私は身の潔白を証明するためにすぐに警察署に出向いた。

犯行現場からは二人の指紋は出たが、私の指紋は出なかった。また犯行時刻にはアリバイもあったので、すぐに開放された。

それにしても、自分の働いているお店で、手袋もつけずにレジのお金を盗むなんて何を考えていたんだろうと思う。真っ先に疑われるに決まっている。


一応事態が収まったので、数日後に日焼けサロンに行くと、受付で、

「あなたはブラックリストに入っていて、ご利用できません」

と言われた。

オーナーからはまだ、

「盗難の指示をした可能性がある」

と警戒されていたのだ。

オーナーにもあらぬ罪で責められるし、警察にはさらに呼ばれて事情聴取をされるし、私はすごい腹が立ってきた。

友達だったのに、なんでそんな嘘を平気で言う？　そんな友達を売るような人間は、売られたって文句は言えないだろう。

私は復讐をすることにした。

刑事に、

「実は彼、他に余罪があるのご存知ですか？　覚醒剤をやってるんですよ」

と告白した。

刑事はあわてて、麻薬取締の警官を呼んだ。

私は彼が覚醒剤をやっていると聞いたあと、もしも何かあったおきのために彼がシャブの話をしているのを動画に撮っていた。

その動画を刑事に見せ、そして一緒に捕まった男が覚醒剤の売人だと告げた。

そしてNの自宅は家宅捜索され、実際に覚醒剤が見つかった。

彼は窃盗に加えて覚醒剤所持と使用の余罪が増え、さらに量刑が重くなった。

友達に窃盗の罪を被せられたことを私は〝怖い〟と思ったが、逆にNは覚醒剤のことまでバラしてやり返す私のことを〝怖い〟と思ったかもしれない。

ちなみにNの日焼けマシンは使えなくなったし、嫌なオーナーのいる日焼けサロンに行きたくもないので、私は思い切って自分で日焼けマシンを購入した。

今では誰にも気兼ねせず、思う存分身体を焼いている。

擬態

◉藤倉善郎

世にはびこる、カルト宗教、カルト団体と戦う新聞『やや日刊カルト新聞』を主催する藤倉善郎さん。そんな彼が怖いと感じたことはなんだろうか？　お話を伺ってきた。

カルト宗教を取材していて特に〝怖い〟と思うのは、勧誘活動の現場に居合わせたときです。

宗教はそもそも、『新しい信者を獲得して教団を大きくする』というのを大きな目的にしている場合が多いですが、カルト宗教の場合『相手を騙してでも入信させよう』と考えるアグレッシブな人がたくさんいます。

僕の知り合いにEさんという40代前半の男性がいます。

彼が大学に入学したころ、しばらくしてから、

「サッカーサークルに入りたい」

と考えるようになったそうです。

ただ新歓期は過ぎていたので、公認サークルの勧誘活動などは行われていませんでした。

そんな折、大学の学食で食事をしていると、一人の若者に話しかけられました。

Eさんが「サッカーサークルに入りたい」と告げると、相手は、

「うちらはサッカーサークルなんだよ。早朝にサッカーやってるからよかったらおいでよ」

と誘ってきました。

Eさんは翌日言われた通り、待ち合わせのグランドに行きました。

グラウンドには人が揃っていて、実際に皆でサッカーを楽しみました。

Eさんはなんの疑いも持たないままサッカーサークルに加わったそうです。

Eさんが少しだけ変だと思ったのは、大学のサークルなのに、部室がマンションの一室だったことでした。

何室も部屋があるかなり広いマンションで、家賃も高そうでした。

大学のサークルでそんな物件を借りて運営しているところはほとんどないでしょう。

みんなは、その部屋をたまり場にして、食事会をしたり、鍋パーティーをしたりしていたそうです。

「ちょっとおかしいんじゃないか？」

勘が鋭い人なら、そう思うかもしれません。

ただEさんは、

「数百円で食事会に参加できて、食費が浮いて得だ」

と考え、むしろ積極的に活動に参加するようになりました。


そんなある日、Eさんが部屋にいるとたまに奇妙なことが起きることに気がつきました。

時折、人が消えて別室にこもるのです。

一旦こもると、何時間か出てこないこともありました。

Eさんはサークルの先輩に、

「たまに部屋にこもるときって、何をしてるんですか？」

と尋ねてみました。先輩は、

「実は聖書の勉強をしてるんだ。あなたも勉強してみる？」

と言ったそうです。

そしてEさんには、

「私たちは宗教団体だ」

と伝えられました。

初めてサッカーをした日に伝えられていたら、絶対に拒絶していたでしょう。だけどEさんはサークルに入ってすでに一年以上が経っており、すっかり周囲とも馴染んでいました。

「よくも騙しやがったな‼」

という気持ちにはならず逆に、

「自分も聖書の勉強をすれば、もっとみんなと仲よくなれるかもしれない」

と思ったそうです。

それからは、部屋にこもって熱心に聖書の勉強をするようになりました。

そして、そのままEさんはそのカルト宗教団体に入信しました。

入信したということは、Eさんも勧誘活動をする側の人間になったということです。

つまり、加害者側の人間です。


入信すると、教団のカラクリが見えてきたそうです。

まず、教団はサッカーサークルだけを運営しているわけではありませんでした。

たまたまEさんがサッカーに興味があったから、

「私たちはサッカーサークルだ」

と言っただけ。

ボランティアに興味がある人には、

「私たちはボランティア団体だ」

と言って勧誘していたはずです。

そう、彼らは相手の趣味に合わせて擬態するのです。

マンションの部室は信者内では〝教会〟と呼ばれていました。

信者たちはサッカーが始まるより前に教会に集まり、朝の礼拝をすませてからサッカーサークルに足を運びます。

Eさんもまだ薄暗い早朝から、教団の活動をするようになりました。

そしてターゲットにしている学生に対しては、ターゲットがいないときに信者同士で、

「どのような会話をしたのか?」

を報告しあい、

「そろそろ聖書の勉強をさせてもいいだろうか？」

「まだ少し早いのではないか？」

などと信頼度をはかりながら〝落とす〟タイミングを決めていたそうです。

じっくりと時間と手間をかけて落とされたEさんは、なんら疑うこともなく、勧誘活動に精を出しました。


そんなEさんの信仰が終わったのは、その教団が事件を起こしたからです。

当該のS教団は、韓国のキリスト教系の新興宗教団体でした。

信者には「自由恋愛禁止」「合同結婚式で相手を強制的に選ぶ」という人権を無視してまでも、ピュアさを求める教団でしたが、教祖は全く逆の行動をとっていました。

教団は、見た目がいい女性信者を多数、教祖の元へ〝みつぎ物〟として届けました。

そして教祖は手当たりしだいに数多くの性的暴行をしました。

女性を風呂場に裸で並べさせて、順番に性的暴行をしていったというスキャンダル記事も出ました。日本の女性信者も教祖の元に送り込まれ、性的暴行の被害者が出ました。

教祖は韓国国内で刑事告発され、教祖は国外に逃亡、２００７年に中国のアジトに潜伏しているところを逮捕されました。

その段階になってＥさんは、

「え？　さすがにおかしいんじゃないか？」

と思ったそうです。

教祖のスキャンダルさえ出なければ今も信仰を続けていた可能性があったと、Ｅさんは語っています。

そして僕が何より恐ろしいと思うのは、この団体は今でも活動を続けており、日本でも活発に勧誘活動をしているということです。

つい最近になって日本で宗教法人格まで取得しています。

気づいたら自分の子供が、

「カルト教団の手先になっている」

「教祖に性的暴行されている」

というのはものすごく恐ろしいことではないでしょうか？

泥棒市

◉B・カシワギ

大阪にトークライブハウス『白鯨』『紅鶴』や画廊『モモモグラ』など、数多くのお店を展開する、実業家のB・カシワギさんに話を聞いた。

僕は、2003年ごろから大阪のドヤ街に足を運んでいる。西成、釜ヶ崎、あいりん地区、などと呼ばれる地域だ。

ドヤは宿(ヤド)の隠語で、その名前の通り簡易宿泊施設がたくさん並んでいる。

そもそもは日雇労働者が仕事を求めにくる街であり、ホームレスも多く、酔っぱらいも多い、言わばワイルドな街だ。

はじめは八月に開催される夏祭りに参加したのがきっかけだったが、街の雰囲気や、独自の文化やルールに惹かれて、何もない日にもぶらりと遊びに行くようになった。

中でも〝泥棒市〟と呼ばれる、フリーマーケットは独特だった。

住人が路上で露店を開いていて、そこで様々な物を販売している。

なぜ泥棒市と呼ばれるかというと、

「前日、盗まれた物が売られている」

という冗談のような話からきている。

実際、盗まれた物が売られることはよくあるらしい。

日雇労働の人が使う工具がズラリと並べられて売られているが、中には盗まれた物も少なくない。

朝方には消費期限切れで廃棄された弁当やおにぎり、パンも販売されていた。

弁当一つ１００円、パン三個で１００円、など非常に安い値段で販売されるので、大勢が奪うように買い求めていた。

他にも、片方だけの靴、ベルトのバックル、リモコン、などなど商品といえば商品だが、ゴミといえばゴミな物がたくさん売られていた。

ここまでは〝盗んできた物〟という負の側面はありつつも牧歌的な香りが漂うフリーマーケットだ。

だが当時の〝泥棒市〟のメイン商品は、覚醒剤と裏ビデオだった。

一気に話はアンダーグラウンドになる。


僕が泥棒市に行き始めたころは、まだ主流はＶＨＳテープで大きな棚にズラリと並べられて売られていた。

基本的に一本１０００円で販売。珍しいシステムとして、商品を買ったお店にそのＶＨＳテープを持っていくと５００円で買い取ってくれた。つまり、セルとレンタルを兼ね備えたようなシステムだった。

僕も何本か観てみたのだが、オリジナル制作した作品はあったものの、内容は普通のアダルトビデオと大差なかった。

もちろん裏ビデオなのでモザイクはかかっていないのだが、その代わり非常に画質が悪い物も多かった。


ある日先輩から、ある裏ビデオ屋には〝裏メニュー〟があると聞いた。仲がよくなると、販売してもらえるそうだ。

裏ビデオの裏なら表になってしまいそうだが、そういうわけではないらしい。

僕は先輩から教えてもらった、当該の裏ビデオ屋に何度も通って顔なじみになった。

すると向こうから、

「もっとすごいのあるで。ちょっと値は張るけどな……」

と話しかけてきた。

興味があると伝えたが、商品はそこにはなく、マンションの住所と部屋番号を書いた紙を渡された。

一人でそのマンションに行くのはかなり不安だった。どうするか迷ったが、結局好奇心が勝って行くことにした。


ドキドキしながら指定された部屋のチャイムを押す。

室内からは中年男性が出てきた。

その人はガンちゃんと呼ばれていた。

「兄ちゃん、普通のビデオやったら物足りひんやろ？　好きやろこういうの？」

と言って自主制作のパッケージを見せてくれた。表紙には、小学生くらいの女の子が映っていた。

「うわ、ロリコンものか……」

さすがに引いてしまった。

しかも一本一万円という高価格だった。

僕はちょっと今日はお金がなくて……と、断ってその場をあとにした。

後日、裏ビデオ屋を紹介してくれた先輩に会ったのだが、その先輩はビデオを購入しており押しつけるように貸してくれた。

自宅のビデオデッキにビデオを入れて再生ボタンを押す。

しばらくして登場したのは、ガンちゃん本人だった。僕は、

「ロリコンビデオに本人で登場するのか‼」

と驚いた。

マンションの室内に、ガンちゃんと小学生低学年であろう女児が一緒にいる様子が映し出

される。

女の子もガンちゃんも服は脱がない。

ガンちゃんはおもむろに女の子の口の中にタオルを詰め込みはじめた。

口に異物を入れられた女の子は、

「おえっおえっ」

と激しく嗚咽する。

ガンちゃんは後から片方の手で優しく女の子の背中をさすりながら、

「全部口に入ったら終わるからな。がんばれ。がんばれ」

と優しく応援する。

だが、逆の手では口の中にギュウギュウとタオルを詰め込み続ける。

女の子は吐瀉はしないものの、ずっと苦しげに嗚咽し続けていた。

結局、そのビデオは一時間ずっと嗚咽し続ける女の子と、ガンちゃんだけが映し出されていた。

呆気に取られて先輩に聞いたところ、ガンちゃんのお店にあるビデオはすべて、10代前半の女の子が口に布を詰め込まれ嗚咽するビデオだという。

先輩がガンちゃんに、

「どうやって、女の子を誘うのか?」

と聞くと、

「飼ってる犬を公園に連れて行って、『犬触りたい』って近づいてきた子を誘い込むんや」

と教えてくれたという。

性的なことはまったくしていないので、厳密には裏ビデオではないかもしれないが、裏ビデオ以上に闇を感じる怖いビデオだった。

大きなトウモロコシ

●B・カシワギ

大阪にトークライブハウス『白鯨』『紅鶴』や画廊『モモモグラ』など、数多くのお店を展開する、実業家のB・カシワギさんはこんな話もしてくれた。

少しヤンチャな性質の友達がいる。

彼は岡山県の山間に住んでいたのだが、いつも学校には行かずに、とあるプレハブの建物にたむろしていた。

そこは彼の仲間の実家が持っている建物で、いつも五〜六人の人間が集まっていた。

集うのは学校に行かないヤツ、定職につかないヤツがほとんどで、群がっては酒を飲んだりしていた。

基本的には若い人間が多かったが、少し年上の人も出入りしており、ドライブしたりすることもあった。

ある日、二人くらいでそのたまり場にいると、少し年上の先輩が自動車でやってきて、

「おい、今から出かけるぞ。車に乗れ」

と命令された。

特にやることもなかったので、二人とも言われるままに車に乗った。

「どこ行くんすか?」

と聞くと先輩は、

「粗大ゴミを捨てに行くぞ」

と答えた。


しばらく無言でドライブは続き、自動車は瀬戸内海が一望できる崖で停まった。

先輩は車を降りて、トランクを開けた。

そこには170センチくらいのモノが、ブルーシートで何重にも厳重に巻かれた状態で積まれていた。

先輩は、

「これはゴミやから海に捨てる。なんも言うな」

と言った。

「ほら、早く捨てるぞ」

急かされたがその友達は、

「どうせ捨てるんやったら、もっと潮の流れが強いポイントまで行きましょう」

とアドバイスした。

先輩は彼の意見を聞き入れ、自動車はもっと険しい崖に向かった。

彼と彼の友人は、断崖絶壁の上から、潮の流れが強い海に向かって〝ビニールシートに巻かれたモノ〟を投げ捨てた。

友人からこの話を聞いているときに、

「それって死体やんね？　間違いなく人間の……」

と聞くと、彼は大きくかぶりを振った。

「違う‼　あれは大きなトウモロコシ‼　絶対にトウモロコシやった‼」

と大きな声で叫んだ。

あてつけ

●腸皺ミタ

腸皺（わたしわ）ミタさんは主にフェスなどで活躍している、コスプレイヤー兼イラストレーター。そんな彼女は30代のシングルマザーで、お子さんは小学生だ。いたって社交的で明るい雰囲気の女性である。

そんな彼女の腕にはおびただしい数の傷跡が並んでいる。

初めてリストカットしたのは11歳のときですね。小学校五年生。もう20年以上も前になります。

当時のクラスでの私のあだ名は〝豚〟〝家畜〟でした。クラスメイトには、

「豚はしゃべるな‼　ブーブーと言え‼」

などと罵られていました。

机には「死ね」と彫られたり、ロッカーや跳び箱に閉じ込められて放置されたり、ほうきで殴られることもありました。

だけど親にも、他の誰かにも相談できませんでした。

ストレスをどこかにぶつけたくて、でもぶつける場所は見つからなくて、結局自分にぶつけるようになりました。


最初は安全ピンでした。

安全ピンで自分の腕を引っかいていました。

そのころは親にも先生にもバレていませんでした。


中学校に入ってからはハサミを使うようになりました。

これには理由がありました。

私って、切るときにすごい力をこめちゃうタイプなんですね。だからカミソリやカッターだと深く切れすぎちゃうんです。

深く切りすぎると救急車を呼んだり、入院したり、面倒くさいことになります。家族に迷惑がられるのは嫌だったので……。

リストカットを続けるうちに、手際がよくなりました。ハサミもリストカット専用のを持っていて、使ったあとはきちんと消毒液で殺菌。傷口は瞬間接着剤で固めました。

中学校を卒業して高校へは進学しませんでした。フリーターになったので、夜中まで起きているようになって、親の目を気にしなくてよくなったので、どんどん自傷癖がエスカレートしていきました。

手首だけでなく、腕の外側も切るようになり、根性焼きもするようになりました。腕にもう傷つける場所がなくなると、お腹や足も切るようになりました。身体を傷つけると、精神が安定するんですよ。血が流れていくのを見ると安心感で満たされました。

むしろ身体に生傷がないと落ち着かないくらいでした。

その後結婚しましたが、あまり幸せにはなれませんでした。

20歳のとき、夫の部屋に行くと夫の横に裸の女が寝ていました。夫は土下座をすると、

「この子と結婚したいから、頼むから離婚してくれ」

と言いました。

結局私が家を出ていくことに。夫の浮気で、これまでにないくらい心身ともにボロボロになりました。なんとか夫に嫌がらせをしてやりたいと思いました。

私が去ったあとに、部屋の真ん中に大きな血溜まりがあったら、夫はさぞかし気分が悪いだろうと思いつきました。血を流すために手首を切ろうとしましたが、いつも使っているハサミはすでに引っ越しの段ボールの中。

代わりになるものがないか探したら、洗面所に安全カミソリがありました。

カミソリはリストカットには使わないと決めていましたが、夫への嫌がらせで頭がいっぱいで、使ってしまったんです。力いっぱいガッと手首を切ると、傷口からは血管、脂肪、筋がハッキリ見えました。

「人体だ……」

と思った刹那、血がダバダバと溢れました。

血は目論見通り床にたまっていきましたが、ただこのままでは死ぬな……と思いました。

小さいころから死にたかったですけど、この場で死ぬのだけは嫌でした。

必死で止血をして、片手で119番をダイアルしました。

部屋に駆けつけた救急隊員に、

「血の汚れを掃除をしましょうか?」

と聞かれましたが、

「掃除だけは絶対にしないでください!!」

ときつくきつく言いました。

そこで掃除されてしまったら、手首を切った意味がなくなってしまうので。

病院で八針縫って一命を取りとめましたが、血管と一緒に神経も切れてしまっていたため、ちゃんと手を動かせるようになるまで自宅でリハビリするハメになりました。

元夫とはそれ以来会っていません。

慰謝料を請求したら、一言も文句を言わずに素直に支払われました。床の血溜まりが効いたのかもしれません。

私はその後、再婚して子供ができました。

その夫とも離婚しましたが、子供は私の元に残りました。

子供の手前、リストカットはやめました。

もう何年も切っていません。


でも実は手首を切りたいという欲求はなくなっていません。

カットをしないと、ずっと心の中にストレスがたまり続けていくような気がするんです。

今は我慢してやめてますけど、でも本当に苦しくなったらリストカットしようと思ってます。死ぬよりはずっといいですからね。


彼女はそう言うと、とても明るく笑った。

小さいおっさん

●ＤＪたらちゃん

アニメソングＤＪの活動しながら、怖い話をイベントやラジオなどで披露している、ふたなりＤＪたらちゃん。そんな彼女に、昔の話を伺った。


私が高校生だったとき、女友達から電話が入った。

彼女は少し興奮している様子で
「昨日の夜中に、××マンションから飛び降りあったの知っとん？」

と聞いてきた。私は思わず
「いや知らんけどマジで？」

と驚きの声を上げてしまった。

そのマンションは、私たちがよくたむろする駐車場のすぐそばに建っていたからだ。

彼女はその事故を報道で知ったわけではなかった。彼女の家族が救急指定病院で働いていて、昨晩その男性が搬送されてきたのだという。

「その飛び降りたおじさん、えらいちっちゃかったんやって。子供くらいの身長しかなかった」

と彼女は言った。

詳しく聞くと、その男性は足からドンッと地面に落ちたので、その衝撃で太ももの骨が身体にめり込んでしまったという。つまり腰から下に、すぐ膝がある状態になってしまってたそうだ。

太ももの骨は内臓を絶望的に傷つけていた。それでも運ばれてきた時には意識があったという。

私は、その事故が気になって仕方がなかった。

二日後、私はヤンキー周りの友達とその駐車場で遊んでいるときに、飛び降りの話を振ってみることにした。

ちなみにその場には私を含めて七人の人間がいた。

A君、B君、C君は三人でつるんでオヤジ狩りをしている人たちだった。三人とはつるんでいないD君とその彼女のEちゃん。その友達のFちゃんだ。

A君は、ヤンキーと言ってもパッと見た感じはオシャレだし、喧嘩もしないタイプだった。みんながエアロパーツをつけたゲボださのVIPカーに乗っているときも、スタイリッシュなトヨタ・ハイラックスサーフに乗っていた。

見た目は爽やかなのだが話す内容は、

「放火した」

「犬を食った」

「実の姉とヤッた」

など、どこまでがウソで本当か分からないような、どぎつい内容が多かった。

そんな友人たちに昨日の飛び降りの話題を振った。A君は案の定、

「え？　足から落ちて身体にめり込んだん？　めっちゃ怖いやん‼　それでそれで？」

と食いついてきた。

だけど、隣にいたB君は少し青ざめた顔で、

「おい、それは不謹慎やろ‼」

と厳しい口調でたしなめた。

するとA君は、急にB君に乗っかって、

「おい、お前。不謹慎やぞ」

とニヤニヤ笑いながら言ってきた。

興がそがれてしまい、その話題はそこで終わりになった。

しばらくして解散となり、私はEちゃんと一緒に帰った。

帰る途中Eちゃんは私に、

「めっちゃ怖いこと言うていい？」

と聞いてきた。

「彼氏（D君）から聞いたんやけど、A君、B君、C君がこないだ三人でオヤジ狩りしてたらしいんよ」

三人は今集まっていた駐車場の近くの飲み屋街で、酒を飲んだ帰宅途中のサラリーマンをカツアゲしていたらしい。

その日カツアゲした男性は、ほんの少ししか現金を持っていなかったという。三人が、

「ここでボコられるか、現金取ってくるか、どっちか選べ」

と脅すと、男性は家にある現金を取ってくると言ったという。

しかしA君は、

「絶対逃げるやろ、コイツ」

と、その男性を殴り始めた。

A君は笑いながら、

「通報されたら終わるから落とすわ」

とB君、C君に言ったという。


「え、それってさっきの話の？」

青ざめた私が聞くと、

「絶対そうやと思う」

Eちゃんは答えた。

D君は、C君から話を聞いたという。

B君、C君は、男性を殺す気などさらさらなかったがA君が怖くて、止められなかった。

「虚勢をはって、動じていないふりをするので精一杯だった」

とC君は話していたそうだ。

A君は、いつも誰かの後ろに隠れて自分は痛い思いはしない、いわば要領のいい人だった。

「いつもヘラヘラ笑っていて、ビビりで喧嘩もしないA君が、本当にそんなことをするのか？」

にわかには信じられなかった。

ただA君の告白ならいつものホラ話かもしれないが、C君からの告白というのが気になった。C君がD君に打ち明けたときは、かなり焦った様子だったという。

結局、真実は分からずスッキリしない気持ちのままだった。

数日後、単車で山に走りに行くときの集会でA君に会ったので、直接聞いてみることにした。

「マンションから飛び降りたおっさん、A君が狩ったおっさんだったの？」

A君はいつものニヤニヤとした表情で、

「不謹慎やぞ」

と答えただけだった。

その飛び降りはニュースになったが、ただの事故のように報道されていた。

ただ、病院で働いていた人たちの間では、

「あれは本当に自殺や事故なのだろうか？」

と噂になっていたという。

私も、

「警察に通報した方がいいのだろうか？」

と思ったが、ただの嘘話かもしれない。

モヤモヤとした気持ちを抱いたまま、20年以上の月日が経った。

そんな今年の始め、ショッピングモールに出かけていると、たまたまA君と遭遇した。

彼は、おそらく妊娠しているであろう奥さんと一緒に歩いていた。

「久しぶりやな」

と言われて、しばらくその場で立ち話をした。A君は、

「そうだ、お前がＹｏｕＴｕｂｅで怖い話をしているの見たよ」

と言ってきた。

私は自分の活動を古い友人に見られているのが恥ずかしくなって、

「いやいや見んでいいよ、恥ずかしい」

と答えた。

A君は、

「そういえば、あの飛び降りの話しないの?」

と聞いてきた。

私はそのマンションの近くを通るたびに、いつも飛び降りを思い出してずっとモヤモヤとしていた。

足から落ちて、小学生くらいの大きさになってしまったおっさん。

本当に、A君がおっさんを落としたのだろうか?

聞きたいことはたくさんあったけれど、

「え? 飛び降り? ああ、なんかあったな。懐かしいな」

と、あたかも今の今まで忘れていたような素振りをして、その場をごまかした。

あのとき、A君に再びあの質問をしたらどんな答えが返ってきたのだろうか?

おわりに

そもそも俺は、悪趣味で品位にかける雑誌でライターを始めた。

そのころは、新興宗教団体に潜入したり、青木ヶ原樹海を横断したり、暴力団や中国マフィアを取材したりしていた。

俺は手を出していなかったが、エロや麻薬についても完全に非合法な取材をした、あけすけな記事もたくさん載っていた。

そのころ、記事を書いているときに『怖い』という感情はあまり大事にしていなかった。

『ヤバいものが見れて嬉しいぜ‼』

『タダで手に入れられてラッキー‼』

『気持ちいい思いができてやった‼』

というような端的な気持ちを全面に押し出す記事が多かった。

もちろん潜入取材をしているときや、心霊スポットや青木ヶ原樹海を歩いているときなどは、恐怖を感じることもあった。だけど、記事にする際には、

「こんなものにビビってるなんておかしいぜ‼　怖くもなんともないぜ‼」

とあえて恐怖をくつがえすような展開にしていた。

意識が変わったのは、ここ数年で怖い話をする番組やイベントや賞レースに出演させてもらうようになってからだ。

怪談イベントでは、神秘的な体験が語られることが多い。つまり「霊を見た」という話が多い。俺は、霊に関する話は好きじゃないし、そもそもほとんど持っていなかった。それで困ってしまい、ライターをしていた時代に心底怖いと感じた話をした。

「先輩ライターが殺されて海に沈められた話」

「精神病院の閉鎖病棟に潜入したら出られなくなった話」

「青木ヶ原樹海で死体を探す知り合いの話」

などをしたら、思ったよりも受けた。

イベントで話をすると、聞いている人たちの顔がギュッと引きつるのが見えた。

普通なら、人を怯えさせるのはよくないことだが、彼らはそれを楽しみにきているのだ。実際イベントのあとや、放映されたあとに、

「村田さんのあの話すごい怖かったです‼」

「すごい好きな話で繰り返し聞いています」

など、好意的な意見を寄せられた。また、

「僕もこんな体験をして……」

という自分が体験した怖い話を教えてくれる人もいた。中にはとても刺激的な話も多く、今回もいくつか収録させてもらった。

ようやく「怖い」という切り口で物語を語ると、面白くなる、興味を持ってもらいやすくなる、と気づいたのだ。つまり「人怖」はエンターテインメントになるのだ。

段々、執筆依頼や出演依頼も増えてきた。

怪談のイベントに出演していると、必然的に怖い話をする怪談師の方たちとよく会うようになった。彼らが話す怪談は基本的には霊が起こす話だが、でも多くの人が人怖の話も持っていて聞かせてくれていた。身震いするような話がたくさ

んあって、「ちゃんと聞いて文章化したいなぁ」と常々思っていた。今回この本にて、怖い話を持っている人たちから自薦一押しの人怖話を聞くことができたのは本当に嬉しかった。どの話も怖かったが「死体を処理する話」がたびたび出てきて驚いた。

死体を処理する羽目になった人って、意外とたくさんいるのかもしれない。

今回は貴重な話を聞かせていただいたゲスト枠の方々、
長年に渡り取材をする過程で話を聞かせていただいた大勢の人たち、
そしてこの本の製作に携わっていただいたスタッフに、心から謝意を表します。

２０２１年10月22日　村田らむ

人怖（ヒトコワ）
人の狂気に潜む本当の恐怖

2021年12月６日　初版第一刷発行
2022年１月25日　初版第二刷発行

著　　者　村田らむ ©Ramu Murata

装　　丁　水木良太

編 集 人　吉野耕二

発 行 人　後藤明信
発 行 所　株式会社 竹書房
〒102-0075
東京都千代田区三番町8-1
三番町東急ビル6F
E-mail: info@takeshobo.co.jp
http://www.takeshobo.co.jp/

印刷・製本　中央精版印刷株式会社

定価はカバーに表示してあります。

落丁・乱丁は【furyo@takeshobo.co.jp】までメールにてお問い合わせ下さい。